百年の初恋　犬と花冠

野原　滋

幻冬舎ルチル文庫

CONTENTS ✦目次✦

百年の初恋　犬と花冠

✦カバーデザイン＝chiaki-k（コガモデザイン）
✦ブックデザイン＝まるか工房

イラスト・榊 空也✦

百年の初恋　犬と花冠

春は目に見えず、気配のみを足元に漂わせている。

桜の開花を待つにもほど遠く、朝の空気はキンとして冷たい。

四方を山に囲われた小さな里だ。田園は綿のような雪を薄《うっす》らと被《かぶ》り、畦道《あぜみち》にポツリ、ポツリと黄色の花が咲いている。

花と同じ、里にある家々も疎《まば》らだった。点在するそれらのうち、夏生《なつお》は一番大きな屋敷を訪ねた。この辺りの地主の地位にあるのだろう。扉のない門柱の向こう側で、使用人が掃除をしていた。立派な大松が植えられており、裏には蔵が建っている。

「山で獲《と》れた肉を買い取ってほしい」

声を掛けると、下男の一人が胡散臭《うさんくさ》そうに振り返り、それから驚いたように目を見開いた。

「案内を頼みたい。屋敷の主《あるじ》に話を通してくれないか」

夏生の顔を凝視《ぎょうし》したまま、男が首を上下させ、頷《うなず》いた。用件を伝えに奥へと走り去る姿は、まるで逃げていくようだ。周りで作業をしていた他の者も手を止め、遠巻きにこちらを窺《うかが》っている。

人間の見せるいつもの反応に、夏生は心の中で嘆息した。

白磁のような肌《はだ》と色の薄い大きな瞳。光の加減でそれは薄墨色にも、薄い青にも見える。

左右対称な造作は微塵《みじん》のずれもなく、完璧なまでに整っていた。

ふっくらとした桜色の唇《くちびる》と、華奢《きゃしゃ》な身体《からだ》つきにはあどけなさが残り、二十歳《はたち》にも満たない年齢に見える。だが、落ち着き払った物言いは臘長《ろうた》けており、見る者に違和感を与えた。

形良い頭を柔らかく包む髪は短く、襟足《えりあし》を隠す程度の長さで、髷《まげ》も結《ゆ》っていない。これもこの時代の多くの者がする髪型とは違う。子どもの頃からの自然な髪型は、切ることも結うこともないまま、成長を止めていた。

人目を引く容貌《ようぼう》であることは自覚していた。だが、人間の見せる反応の理由はそれだけではない。夏生の傍《かたわ》らにいる、大男のせいでもある。

「壱ノ護《いちのまる》、行くぞ。荷物を捨てるなよ。大事に担げ」

先ほどの下男が遠くから手招きをしていた。そちらへ向かう夏生のあとを、壱ノ護が黙ってついてくる。彼もまた、夏生とは違った意味で異様な形貌をしていた。

小柄な夏生に比べ壱ノ護の身長は高く、隆々とした筋肉は鋼のように硬く、分厚い。太い眉《まゆ》の下にある切れ長の目はきつく、一点を凝視している。固く閉じられた厚い唇と鋭い鼻梁《びりょう》。鋭利な表情の上にあるのは、見事な銀髪だ。無造作に伸びたそれは、結わえられることもなくあちこちで飛び跳ね、獅子のたてがみのようだ。

案内されたのは屋敷の横手にある勝手口だった。表口よりも狭く、薄暗い。中には煮炊きのための竈《かまど》と井戸があった。土間の隅には燃料用の藁《わら》と薪《まき》が積まれている。朝餉《あさげ》の準備を済ませたのか、広い台所で立ち働く人は四人と少ない。その全員が、入ってきた夏生と、その後ろに立つ壱ノ護に目を止めたまま、固まった。

「壱ノ護、下ろせ」

ドサリと獲物が投げ置かれる。

牡鹿《おじか》が一頭、皮も剝《は》がさず、立派な角もそのままに、土間に横たわった。

誰も口を利かないまま、やがて奥から家主らしき恰幅《かっぷく》のいい男が現れた。使用人たちとは違う、上質な染めの着物を着ている。

一段高くなった板の間に立つ家主は、夏生たちを見下ろしたまま、やはり一言も発せず、その場に棒立ちになった。

「肉を売りに来た。これを金にしたい。できれば米と味噌も分けてもらいたいのだが」

抑揚のない声は外見と同じく冷たい。

啞然《あぜん》としている家主を前に、夏生は淡々と商談を進めた。自分たちに対するこのような態度など、慣れきっている。

「つい今朝方獲ったものだ。処理も必要ないだろう」

皮を剝ぎ、内臓を取り出し、肉を塩漬けにするという工程をすべて省いて運んできた。大きな屋敷を訪ねたのは、そういった処理ができる者を簡単に雇えると思ったからだ。角や皮は上質の装飾品となり、内臓は薬になる。解体も商売も、買い取った側が好きにすればいい。

「兎《うさぎ》もある。壱ノ護、それも下ろせ」

夏生の命令に、壱ノ護が腰に巻いていた綱を解《ほど》き始めた。ぶら下げているのは五羽の兎だ。不器用な手つきで括《くく》っていた綱を解き、白く小振りな獲物も投げ落とす。

「どうだ。いくらで買い取る？」

夏生の声に、家主の男がようやく土間に並べられた獲物に目を落とした。それから再び夏生に視線を戻す。隣にいる壱ノ護のほうは見ようとしない。おそらくは、目を合わせるのが恐ろしいのだろう。

「これを全部、今朝獲ってきたというのか？　その恰好で、……山を下りてきたのか？」

不躾《ぶしつけ》なほど夏生の顔を眺め、やっと口を開いたかと思えば、男はそんな疑問を投げてきた。

夏生は小袖《こそで》に、一枚に熨《の》した白狐の毛皮を肩に掛け、壱ノ護は薄手の短衣に股引《ももひき》だ。こちらは赤狐の毛皮をマタギ装束のようにして着ていた。二人とも素足に草履で、とても今朝方雪山から下りてきたとは思えない恰好だった。

男の疑念は尤《もっと》もだが、納得させられる答えを持たず、答える義理もない。

「しかし、これはまた……。鹿一頭丸ごととは」

無言の夏生に、今度は困惑の声を出す。

「こんな大物をどうやって……？　鉄砲で仕留めたのとは違うようだが」

土間に横たわる獲物を、家主がまじまじと眺めた。首元に穴が空いているが、銃弾によるものではない。他に傷はなく、どれも一撃で仕留められている。

「いちいち方法を説明しなければならないのか……？　それが分からないと買い取れないと？」

「い、いや、そういうわけではないが」

低い声に怒りを滲《にじ》ませたつもりはなかったが、相手を萎縮させてしまったらしく、家主が狼狽《うろた》えたように首を横に振った。

「それでは兎だけでいい。鹿が難儀だというなら、他所《よそ》を当たる」

難癖を示すようなら長居はしたくない。

「他所を当たると言っても……」

男があわあわと返答した。兎はともかく、牡鹿のような大物を引き取ることのできる家は他にはないと言いたいのだろうが、それは問題ではない。この里が駄目なら他に行けばいいだけだ。四方を山に囲まれたここを抜けるのは、人間では困難だろうが、壱ノ護と夏生にとっては、どうということもない道行きだ。

「兎はいくらで引き取る？　壱ノ護、鹿はいらないそうだ。担げ」

「いや、いや！　それも引き取る。両方引き取るから、置いていってくれ」

慌てたように男が言い、商談が成立した。

鹿一頭は塩と米、味噌となり、残りを兎五羽分と合わせて金銭に換えた。その金を持って、ここから少し行った町へ買い物に出ることにした。

鹿の代わりに米袋を担いだ壱ノ護を連れ、畦道を歩く。

山の麓に位置する里は小さく、町とは言っても簡素なものだった。僅《わず》かばかりの商店や茶屋がポツポツと点在し、その商店も大概が物々交換の様相を呈している。

道を行き交うのは、牛や馬を引いたこの里の農民ばかりで、たまさか大きな綴《つづ》り箱を背負った行商人とすれ違う。

「やはりもう少し大きな村に下りるべきだったか」

宿場か、せめて湯治場のあるところなら、もう少し上手《うま》く商談を運べたかもしれない。廻《かい》船問屋《せんどんや》のある大きな町へ行けば、今日の牡鹿などは喜んで買い取ってくれただろう。それに、こちらが買い物をするにしても、少しは楽しみがあったはずだと思う。

「もう少し食料が欲しかったな。あとは着物でも手に入ればと思ったんだが」

独り言のように話す夏生の隣を、壱ノ護が黙って歩いている。

「大きいところはそれなりに苦労もあるからな。こういう小さな里には兎か魚ぐらいがいいんだろう。驚かせてしまった」

町と呼ぶには寂れ過ぎた、閑散とした道を歩く二人を、行き交う人々が奇異なものを目にするように、遠巻きに見送っていく。

大きな町へ赴き、人が増えればこの視線が増す。因縁をつけられるような懸念もない二人の風貌だが、何より人の目が鬱陶《うっとう》しい。

端整な造りを持つ夏生は、その人離れした容貌で近寄り難《がた》く、年齢不詳の態《てい》をしている。そしてそんな夏生にぴったりと寄り添い、護衛のように歩いていく壱ノ護の姿は、視線を送ることすら許さないほどの気迫に溢《あふ》れている。

粗暴な外見だけでも恐ろしいのに、その上壱ノ護は、常にピリピリとした殺気に近い気配を辺りにまき散らす。里へ下りる時には再々強く言い聞かせてはいるのだが、壱ノ護は一向にそれを隠そうとはしないのだ。

「お前がもう少し大人《おとな》しくしてくれたら、事が運びやすいのにな」

夏生の声に壱ノ護がジロリと視線を落としてくる。自分は何もしていないぞとでも言いたげな、不遜な目つきだ。

よくよく見れば、均整の取れた美しい顔貌をしているのにと思うが、壱ノ護にとっては煩わしいだけなのだろう。

頭二つ分も高い壱ノ護の顔を一瞥《いちべつ》し、それからゆっくりと視線を道の脇に移した。木の箱を並べただけの粗末な茶屋の軒先で、行商人らしい男とその子どもが、並んで団子《だんご》を食べていた。

「言っても仕方がないか。お前には」

のどかな親子連れを眺めながらの小さな呟《つぶや》きを、壱ノ護はしっかり拾っているはずだが、やはり何も言わず、夏生の隣を黙って歩くだけだった。

茶屋の前を過ぎ、町のはずれまで来てしまった。貧しい里は、夏生が目論《もくろ》んでいたより商店の数も少なく、あとは点在する民家を回って交渉するしかないが、それほどまでして手に入れたい物もない。また別の機会に、別の場所へ赴こうと、買い物を諦めた時だった。

「……ぐ、っ、あ……」

くぐもった人間の声が背後でした。直後にドサリと何かが落ち、地面を這《は》いずるような音が聞こえる。

振り返ると、先ほど通り過ぎた茶屋の前に男が倒れていた。茶碗《ちゃわん》が割れ、団子が転がっている。親子連れの父親が地べたに這いつくばり、両手で土を掻《か》いている。

「が……あ、あ」

必死に前に進もうとして、それができずに断末魔のような声を上げている。閑散としていた道に人が集まり出す。

「父ちゃん、……っ、どうしたの、父ちゃん、父ちゃあんっ」

さっきは父の隣に座り、足をぶらぶらさせて団子を頬張《ほおば》っていた子どもが、泣き叫びながら男の腕にしがみついた。

目を見開き、口を大きく開けたまま、男が苦しんでいる。時々何かに押されでもするように、ぐえ、ぐえ、と声を発した。

「誰かっ……、父ちゃんを助けて。誰か、お願いします、お願いします！　誰か……」

父親の腕を引っ張りながら、子どもが必死に助けを乞うた。周りに人垣ができ、皆心配そうに眉を顰《ひそ》めているが、誰も近づこうとはしない。

「助けてっ、誰か……っ、父ちゃん、父ちゃん」

半狂乱のようになって子どもが叫ぶ。突然のことに、集まった見物人も泣いている子どもも、倒れている本人さえ何が起きているのかが分からない様子だ。

誰か助けてと、悲痛な叫びが続くなか、誰一人動かず、声を掛ける者もいない。遠巻きにしながらひそひそと顔を寄せ、関わらないほうがいいと言い合っている。

山向こうから悪い病を運んできたのではないか。狐にでも憑《つ》かれたか。あくどい商売でもしていて、祟《たた》られたのではないか。

「他所から来たもんだから……」

顔見知りでもない、行商でやってきた親子に、里の人々は冷たい。

「流行病《はやりやまい》かの……」

「死んだらどうする。あれを運ぶのか」

「触ったら祟られるんじゃないか」

目の前で苦しみ、助けを求めている親子を前に、その後の算段を小声で相談している。

人はますます集まり、夏生の前にも人垣ができていた。ざわめきが広がっていく。突然の出来事に誰も対処できず、却《かえ》って迷惑そうな空気が漂っていた。

父親の声が聞こえなくなる。人垣の向こうから泣き叫ぶ子どもの声だけが聞こえた。

「父ちゃん、父ちゃぁあん、誰かぁっ……っ！」

人の波に身体を割り入れ、夏生は前に進んだ。「どけ」という声に不穏な顔で振り返った人々は、夏生と、その後ろに立つ壱ノ護を見つけ、慌てて道を空けた。

「お前は待っていろ」

あとに続こうとする壱ノ護を制し、夏生一人で親子の前に立つ。もうほとんど動けなくなっている行商の男を見下ろした。

病ではない。物《もの》の怪《け》だった。下等な妖《あやかし》の類《たぐい》が、男に取り憑いていた。大きさは猫よりは大きく、犬ほどではない。それでも人間一人を動けなくするぐらいには力はあるらしい。足を掬《すく》い、転ばせた上で圧《の》し掛かったのは、妖にとってはただの悪戯《いたずら》なのだろう。作為も悪意もなく、かといって自分の行為で人間が命を落とすことにも、何も思わない。

ギチギチと不快な音を鳴らしながら、妖が男の背中に乗っている。人間の耳には届かないが、その音は瘴気《しょうき》となり人を気鬱にし、身体に取り憑けばこの男のように異変を来《きた》す。

形を成さない影のような塊は、動物から変化した物とも違う、おそらくは蟲《むし》の一種なのだろう。膨大な類と眷属《けんぞく》を持つこれらのすべてを、夏生も知っているわけではない。

静かに行商の男に近づく。すい、と腕を差し伸べ、夏生の存在を教えてやると、無心に背中に張り付いていた影がこちらになびいた。

——ほら、こっちのほうが美味《おい》しいぞ。

ざわざわと妖気が地を伝い、夏生に近づいてくる。妖が背中から離れ、行商の男が大きな溜息《ためいき》を吐《つ》いた。「父ちゃん」と子どもが叫ぶ。動けるようになっていく人間を横目にしながら、夏生は更に妖を呼んだ。

妖が夏生の足元から這い上がってくる。すう、と血の気が引いた。吸い取られるように力が抜けていく。

喰《く》っているのだ。夏生の妖気を。

ゴォ……ッ、と凄《すさ》まじい勢いで風が吹いた。夏生に憑いた妖が一瞬怯《ひる》み、逃げようとする。

「壱ノ護。まだだ。待て」

強い声で壱ノ護を制し、妖を引き留める。自分よりも強い妖気に気付けば妖は逃げ、また人間に向かうかもしれないのだ。あと少し我慢すれば、妖のほうで離れられなくなる。夏生が極上の餌《えさ》であることを知った妖は、すべてを喰らい尽くすまで、何があっても離れない。

足から這い上がってきた妖が夏生の身体を伝い、背中に回ってきた。ズシリとした重みにも、気丈に耐える。夏生の妖気を喰らい、妖がどんどん大きく重くなっていく。血の気がますます引き、意識を失いそうになりながら、足を踏ん張る。

「……く」

背後ではいきり立った壱ノ護が再び妖気を放ったが、妖は逃げることなく夏生に取り憑いたままだ。どうやら夏生の価値に気が付いたらしい。

歩けるだろうかと一歩足を踏み出そうとしてみたが、そこから動けなかった。背中は重く、キシキシと骨が鳴る。

三度強い風が吹く。嬲《なぶ》るような風は意図的に妖だけを夏生から引き剥がそうとしているようだ。妖がそれに抵抗し、ますます強くしがみついてくる。壱ノ護の唸《うな》り声がした。

「……壱ノ護。待て」

完全に喰い尽くされれば夏生は終わりだが、そうなる前に壱ノ護はきっと動く。だが、それをこんな観衆の前でやるわけにはいかない。

「あ、ぁ……ぐ、ぅ」

持って行かれまいと歯を食いしばり、目を見開く。普段は透き通るような白い肌が、妖気を奪われることに抵抗するかのように紅潮していく。

「……おい、あの目はなんだ?」

肌の色と共に、薄青から深い碧《あお》へと変わっていく夏生の瞳を見て、誰かが声を上げた。

鮮やかな碧眼《へきがん》は激した時にしか現れない、夏生の妖の徴《しるし》だ。半分流れているその血が騒ぎ始める。

喰われるな、抗《あらが》えと、夏生の意思とは関係なく血が抵抗する。

「ありゃ、人間じゃねえぞ」

野次馬のざわめきが大きくなる。先ほど行商の男が苦しんでいた時には、関わり合いを避けながらも同情していた空気が、畏怖《いふ》と嫌悪に変わっていく。

「……化け物だ」

倒れていた男は完全に動けるようになり、守るように子どもを抱きかかえ、夏生を見ている。その目には周りの野次馬と同じ、恐怖が浮かんでいた。

「壱ノ護……来い」

呼ぶと同時に風の速さで壱ノ護が目の前に来た。

その姿は人間の形をしたまま、すでに人間の様相を呈していなかった。髪は逆立ち、隆起した四肢《しし》がはち切れそうになっている。獲物を目の前に興奮しきり、黒かった瞳が金色の光を放っていた。上下する喉《のど》からは地鳴りのような唸り声を漏らしている。

「ここで……やるな。このまま、連れて行け」

今にも飛び掛かってきそうな壱ノ護に辛《かろ》うじて命令し、大きな身体にすべてを預け、夏生はようやく力を抜いた。妖を背中に憑けたままの夏生を、壱ノ護が担ぎ上げる。

「行こう。始末はそれからだ」

夏生に取り憑いた妖は、壱ノ護の強大な妖気によって金縛りのようになっていた。これをこのまま人の目のないところまで連れて行き、あとは壱ノ護に任せるだけだ。

グッタリと力を失った夏生を、さっき鹿を背負っていたのと同じように肩に乗せ、もう片方には米の袋を担いだ壱ノ護が歩き出した。

ゴッ、という音と僅かな衝撃に、閉じていた目を開けた。地面に大きな石が転がっている。

背中に石を命中させられた壱ノ護の足が止まった。投げてきた方向に目をやるのに、「構うな。行け」と、また命ずる。

グルグルと喉を鳴らしながらも、夏生の命に従い、壱ノ護が一歩進む。道が割れ、恐怖の目で見送られた。

「ありゃあ俺らが収穫して納めたもんだぞ。取り返せ」

誰かが叫び、また石が飛んできた。どんな言い掛かりなのか、鹿と交換した米を、騒ぎに乗じた盗品だと言って騒いでいる。

ヒュンと小石が夏生のこめかみを掠《かす》めた。顔を上げると、さっき助けた親子の手にも、石が握られているのが見えた。

「化け物だ」「消え去れ」という声と共に石をぶつけられた。石ばかりではなく棒切れも飛んできた。

「鉄砲持って来い！」

バタバタと走る音が聞こえ、あとはわーわーという罵声になる。

「壱ノ護、走れ」

夏生を担いだまま、石が届かない場所まで壱ノ護が一気に飛んだ。人の声だけが追い掛けてくる。

町を抜け、今朝方下りてきたのとは反対方向にある山へと向かう。地形の関係か、こちら側の田園には雪がなかった。畦道に咲く花も群生を作っている。

道端に小さな地蔵を見つけた。畦道にあるのと同じ黄色の花と、団子が供《そな》えてある。赤い前掛けが新しい。

地蔵にお供えする信仰心はあるのに、夏生たちにはこういう挨拶をするのかと、いつもの仕打ちに可笑《おか》しくなる。

小さな村なら面倒な目には遭いにくいかと踏んだのだが、どうやら甘かったらしい。もっとも、妖に取り憑かれた人間を助けになど入らなければ、こんなことにはならなかった。壱ノ護を厳しく制しておいて、自分が騒ぎを起こしていてはどうしようもない。

……人間など助けなければよかった。

憑かれて取り殺されようと、四肢をもがれたまま生き残ろうと、夏生にはなんの関係もなかったのに。

ただ、泣き叫ぶ子どもの声と、他所者だからと見殺しにしようとする周囲の冷たさに、勝手に足が動いてしまったのだ。

感謝されようなどと思ったわけではない。だけど助けた本人にさえ、石を投げられるとも

思わなかった。

「私も……半分はあの人たちと同じなのにな」

半分同じでも、あとの半分が彼らにとっては許し難いほどの差異らしい。そしてそれは妖にとっても同じことだ。

夏生は人間でも妖でもない、どっちつかずの存在なのだ。だからどちらからにも受け入れられない。恐れられ、嫌われ、挙句には石を投げられる。寄ってくるのは夏生を餌と認めた妖ばかり。それと、人の形をしながら、人でないことを隠そうともしない、単細胞な……犬。

「……団子くらい食べればよかったか。失敗した」

夏生の呟きに、壱ノ護は相変わらず何も答えずにただひたすら走っている。道が終わり、山へと入っていく。人が使う道を避け、わざと険しい獣道を選んで進む。もっとも、道の良し悪しなど壱ノ護には関係なく、里から遠ざかる最短を行っているだけだ。

細い獣道は、大昔は人も通っていたようで、ここにも小さな地蔵があった。生い茂る草に隠され、供物《くもつ》も花の残骸もなく、長い間忘れ去られているらしい。

通り過ぎる景色の中、山の中腹に朽ちた神社を見つけた。境内《けいだい》は荒れ果て、山火事の跡のように、焼け崩れた大木の残骸がある。赤い鳥居に蔦《つた》が這っていた。ここもあの地蔵と同じ、大昔に捨て置かれたのだろう。

「壱ノ護。この山の奥でいい。古いむろか洞窟を探せ。そこで自由にしたらいい」

黙っておくと、山二つも三つも越えていってしまう壱ノ護に命じ、夏生はゆっくりと目を閉じた。


「なつ……お。なつお」

自分を呼ぶ声がし、目を開けた。頰に当たる風が刺すように冷たい。かなり山奥まで入ってきたらしい。

夏生はまだ壱ノ護の肩の上にいた。妖に取り憑かれたまま、暫《しばら》く気を失っていたようだ。

「着いたのか？」

壱ノ護が用心深く辺りを見回している。

山の奥深く。そこだけ陽《ひ》が射すのか、まだ雪が残っている中、土の見えている場所があった。春待ちの弱々しい草が生え、その先の斜面にポッカリと穴が空いていた。

洞穴の入り口には火を起こした跡がある。

「人が使っていたようだな。狩猟で山に入った時か」

「だいじょうぶだ。にんげんのにおい、しない」

くんくんと鼻を蠢《うごめ》かし、壱ノ護が歩き出した。夏生を担いだまま洞穴に入っていく。

洞穴の奥は深く、外よりは温かい。薪にする木片が積み上げてあり、縄やナタなどが置かれていた。どれも埃《ほこり》を被っていて、長い間使われた形跡はない。外にあった木炭も化石化していた。

洞の中の平らになった場所に、壱ノ護が夏生を下ろした。重い妖を背負ったまま、ぐったりと横たわる夏生の顔を、金色の目が覗《のぞ》いてくる。

夏生に取り憑いた妖は、壱ノ護の妖気に縛られながら、こんなところまで連れてこられ、それでも夏生を喰らい尽くそうと懸命に張り付いている。

昔からそうだった。夏生は妖に憑かれやすい。人間でも妖でもない半妖の血が特別な餌となり、妖を惹きつけるらしい。

夏生の上にいる妖に向かって、壱ノ護が唸り声を上げた。洞穴の空気が震える。両手両足を地面につき、壱ノ護が妖を威嚇《いかく》する。

獅子のたてがみのようだった髪の毛はますます逆毛立ち、燃えているようだ。地を揺るがすほどの唸り声を上げ、剝《む》き出しにした歯が尖《とが》っていた。グルグルと喉を鳴らし、口角が割れていく。

壱ノ護の変容を、夏生は朦朧《もうろう》としながら眺めていた。人から獣へ、壱ノ護が戻っていく。

金色の目が輝きを増し、壱ノ護のたてがみが盛り上がった。大きな三角の耳が顔を出し、身体が膨らんでいく。

「は……がれろ。なつおを、くうな……っ」

吠《ほ》えるような声で妖を恫喝《どうかつ》する。ビリビリと声が反響し、洞穴の中でこだました。

人間の姿でも六尺二寸ある身体は今、熊ほども大きくなっている。全身に毛が生え、壱ノ護は完全に本来の姿である、山犬に変化していた。白い毛皮を持つ大きな犬。それが本当の壱ノ護だ。

妖を睨《にら》みつけ、壱ノ護が喉を鳴らした。真っ白な身体の中、瞳の色と同じ、金色の十字の文様が胸に浮かび上がっている。妖気が増すほど色も増す。夏生の碧眼と同様の、壱ノ護の持つ力の象徴だった。

倍増した妖気が洞穴の中で吹き荒れる。嵐に揉《も》まれるような渦の中、背中の妖は動かず、夏生から離れようとしない。極上の餌の味を知り、妖力を得ようとする本能のほうが優り、離れようにも離れられないのだ。

一向に夏生から剝がれない妖に業《ごう》を煮やした壱ノ護が、夏生に圧し掛かってきた。がふがふと嚙《か》む音が聞こえ、めりめりと引き剝がされていく。

「……ぐ、う……っが、ぁ」

剝がされまいと夏生にしがみつく妖と、無理やりにでも引き剝がそうとする壱ノ護の力で、夏生の身体が浮き上がった。さっきの人間のように、地面に爪《つめ》を立てて抵抗する。上では壱ノ護が妖を咥《くわ》えたまま乱暴に首を振り、大きく揺さぶった。

「はがれろ、っ……はがれ、ろ」

物の怪に嚙みつきながら、壱ノ護が叫んでいる。前足で夏生を押さえながら妖を引っ張ると、ぉぎゃぁああ、という声を上げながら、背中の妖が剝がれていった。最後まで抵抗する妖に引っ張られ、一瞬身体が宙に浮いた。壱ノ護が大きく首を振る。ヒュン、と風を切る音がして、急に身体が軽くなった。浮き掛けた身体が落ちる。

すぐ横で今引き剝がされたばかりの妖が、地面に叩《たた》きつけられていた。未練で夏生に取り憑こうと黒い影が伸びてくる。力の入らない身体で、這いずるようにして影から遠ざかろうとしたが、三尺も行かずに力尽きた。

しつこく夏生に取り憑こうとする妖を、壱ノ護が滅茶苦茶に振り回した。おん、ぅおん、と風を切る音と、山犬の唸り声と、妖の金切り声がする。

「壱ノ護。外でやってくれ。うるさい」

獲物を仕留めて興奮している壱ノ護に言うと、妖をずりずりと引き摺《ず》りながら洞窟から出ていった。妖気の嵐が止む。

ようやく静かになり、夏生はゆっくりと身体を仰向《あおむ》けた。黒い岩の天井に、滴の形のまま固まったつらら石が見えた。

今にも垂れてきそうな石の滴を見上げながら、今しがた壱ノ護に引き摺られていった蟲だったものの末路を考えた。

あの行商の男の上にいた時には、形も成さない影のようだった蟲は、夏生の妖気を吸い込み、動物ともつかない異形《いぎょう》の塊に変化していた。あのまま夏生のすべてを取り込めば、どんな姿に育っただろうか。

特別な血は極上の餌。ただ餌であり、敵でも仲間でもない。そして夏生を取り込み損なったあれは今、壱ノ護の餌となっている。妖が夏生を喰って得た妖力を、今度は壱ノ護が喰う。外では妖の断末魔が聞こえていた。夏生が制しなければ、さっきの町で壱ノ護はそれをしてのけただろう。人間に恐怖されることなど壱ノ護には関係ない。攻撃されれば、あそこにいた人間全員を殺すことも、あの犬は簡単にできるのだ。

妖を喰う度に凄まじい勢いで力を増していく。あの化け物じみた力を制御することは、夏生にとっても至難の業《わざ》だ。いったい何処《どこ》まで強くなっていくのか。

拾った時はただの山犬の子どもだと思った。まだ夏生に父がいた頃、旅の途中で壱ノ護を拾ったのだ。親とはぐれたのか、瀕死《ひんし》の状態で倒れていた壱ノ護を夏生が見つけ、父が助けた。

真っ当な人の子ではない夏生は、成長が異常に遅かった。それ故《ゆえ》一つところに留《とど》まれず、転々と流浪するしかなく、そんな旅の途中で壱ノ護と出会ったのだ。

「壱ノ護」という名前は父が付けた。夏生を守れという父の命であり、願いだった。命を救われた山犬の子どもはその恩義を忘れず、父が亡きあとも、その命を忠実に守り続けている。

天井のつらら石が僅かに光った。乳白色の濃淡が斑《まだら》な模様を作っている。滴が石になるまでには、いったいどれほどの時間が掛かるのだろう。自分が生きてきたよりも、きっと長く掛かったのだろうと思ったら、少し安心した。

外の様子に耳を澄ませ、取り留めもないことを考えているうちに、眠りに落ちていた。

温かいものに頰を撫《な》でられ目を開ける。金色の目が夏生を覗いていた。長い舌がもう一度頰を撫でていく。山犬の姿の壱ノ護が、夏生を見下ろしていた。

どれくらいの時間寝ていたのか。穴の外からはまだ薄日が射しているが、壱ノ護の影が長い。夕方に掛かっているらしい。

「……終わったのか？」

夏生の問いには答えず、今度は冷たい鼻先を夏生の首筋に押しつけてくる。そのまま地面との間に突《つ》っ込み、グイグイと鼻をこじ入れてきた。

身体はまだ動かず、自分で腕を上げることもできない。妖に襲われたあとはいつもそうだ。脆弱《ぜいじゃく》な身体は、人間としても妖としても不完全で危うい。

夏生の首の下に鼻先を差し入れた壱ノ護が、今度は押し上げてきた。首から肩へと鼻先を滑らせ、また押し上げる。力の抜けた身体を仰向けからうつ伏せに、ゆっくりと返された。

「喰ったのか？　全部」

「くった。はら、いっぱい」

着物の裾《すそ》を捲《まく》られた。下帯も剝ぎ取られ、尻《しり》を晒した身体の上に、壱ノ護が圧し掛かってきた。

「なつおに、わける」

項《うなじ》に獣の息が掛かる。首を嚙まれた。大きく口を開け、かふ、かふ、と弱い力で嚙んでくる。逃げられまいとする犬の本能なのか、壱ノ護はいつもこうやって夏生の首を嚙んでくるのだ。

抵抗する余力も残っていない夏生の首を押さえ、自分が得た妖力を夏生に分け与えようと、壱ノ護が夏生の上に乗っている。

「なつお」

首を嚙んだまま、壱ノ護が夏生を呼んだ。体重が掛かる。熱いものが後ろに当たった。

「なつお、なつお、なつお、……なつお」

ズ……、と肉を抉《えぐ》る感触がして、壱ノ護が入ってきた。

「あ、……く、ぅ」

ぐぬりと肉壁が割り開かれる感覚がする。無理やりこじ入れ、次には乱暴に揺さぶってきた。首は嚙まれたままだ。

「ん、く……っ」

ズチャズチャと音がする。壱ノ護同様、人の形をしていても、人ではない夏生の肉体は、壱ノ護の巨大な肉棒を易々《やすやす》と受け入れる。痛みが伴わないわけではないが、感じるのはそれよりも熱さだ。摩擦熱なのか、壱ノ護自身の持つ熱なのか、とにかく熱い。

「なつ、お……、なつお」

首にあった壱ノ護の口が移動し、今度は頭を噛んできた。夏生の小さな頭の半分が、壱ノ護の大きな口の中に入っている。噛む力は弱く、そうしながら穿《うが》つ動作はガツガツと乱暴だ。妖を喰い、夏生に分けると言いながら、激しく打ちつけ、こうして噛んでくる行為は、まるで夏生を喰おうとしているようだ。

「なつお、なつお、なつお」

壱ノ護の息が荒くなる。情緒のない抽挿《ちゅうそう》が強さを増す。興奮したように夏生の髪を引っ張る。ブルリと身体を震わせた壱ノ護が、一番深いところで止まった。

「あ……」

ドクドクという脈動と共に注ぎ込まれたもので、腹が温かくなる。じんわりと熱が広がり、指先まで血が通っていく感覚がした。

「ん……ぅ、っ、っ」

緩やかに回復していく身体を確かめる間もなく、壱ノ護が再び律動を始めた。水音はますます増し、壱ノ護が止まらない。頭を噛んでいた口がまた移動し、今度は舌で舐《な》められた。

右の耳、項、左の耳、また右の耳と、忙《せわ》しなく舌を蠢かし、またガフ、と首を噛んできた。

「なつお、……なつお……っ」

名を呼び、精を放ちながらも動きを止めずに抽挿を繰り返す。ズリュ……、ズ、チャ、と大きな音が鳴った。粗野な行為は注ぎ込むというより、まき散らしている。

「乱暴、……っ、だな」

「なつお、は、……はっ……、はっ」

夏生の抗議の声にも答えず、壱ノ護は荒い息を繰り返すだけだ。激しい動きに身体が押され、前にずれていくのを捕まえるようにまた首を噛まれ、引き戻された。その間も浅ましい抽挿は止まらない。

血の気の引いていた身体はすっかり温まり、内側から力が漲《みなぎ》ってくる。妖に妖気を喰われ、力を失った身体に、壱ノ護が精を注ぎ込む。そうすることで、夏生は奪われた妖力を取り戻し、また、注ぎ込まれた壱ノ護の強大な妖力が結界となり、脆弱な夏生を守るのだ。

「壱ノ護。もう平気だ。動ける……っ、壱ノ護」

身体は完全に回復したというのに、壱ノ護が止めようとしない。甘噛みだった力がほんの少し強くなる。首を振って回避しながら顔を上げると、追い掛けてきた壱ノ護の舌に、顎《あご》から額までを舐められた。

「こら、もう止めろ」

「まだ、やめない。もっと、わける」

「もういらないと言っている。十分だから……っ、う、あ……っ」

「だめだ」

ぐい、と身体全体で押さえ込み、夏生を動けなくした壱ノ護が、もう一度強く穿ってきた。体力を完全に取り戻したところで、壱ノ護の力には最初から敵《かな》わない夏生だ。細い身体を易々と組み敷き、壱ノ護が狼藉《ろうぜき》を繰り返す。

「く……、は、……っ」

好き勝手に動く壱ノ護の前足が見え、それを摑《つか》んだ。押そうが引こうが頑丈な足はびくとも動かず、夏生に足を握らせたまま夏生を穿ち、ベロベロと顔全体を舐めてきた。

「……あ、ぁ」

グリグリと腰を回されて声が上がった。何かが中を掠め、目の前を閃光《せんこう》が走る。自然に夏生の腰も上がり、壱ノ護の動きについていこうとした。下半身にもどかしい疼《うず》きが生じ、快感の兆しがやってきた。

「ん……、ん」

追い掛けようと身体を揺らめかすが、追いきれない。一瞬見えた光はすぐに消え、ただガツガツと自分を穿つ衝撃だけが残る。

「なつお……」

金色の目が覗いてくる。不思議そうに瞳の奥を覗かれ、誤魔化すように顔を伏せた。妖力を分けてもらうだけの行為の中、無意識に快感を得ようとした自分が浅ましく思え、それを知られたくないと思った。

「もう、いい。離れろ」

「いやだ。まだ、たりない」

「足りなくない。十分だと言っただろう」

「いやだ」

再び激しい抽挿が始まる。力に負け、逃げることもできずに、大人しく身を任せるしかなかった。揺らされながら、もう一度あの光が見えるかと、その瞬間を待ってみるが、もうそれは訪れなかった。

ただただ穿たれ、精を注ぎ込まれる。腹も妖力もぱんぱんで、これ以上は溢れてしまうという不安がやってきても、壱ノ護は終わろうとする気配もない。打ちつける行為は収まらず、いつまでも夏生を責め苛《さいな》む。

「壱ノ護……、いい加減に、しろ」

妖力をもらい、体力を奪われている感じだ。

「なつお、……っ、なつお、はっ、は、……なつ、お」

「この……馬鹿犬が……っ」

夏生の悪態にもお構いなしに、壱ノ護が自分勝手に己《おのれ》の欲望をぶつけ、奪い続ける。

どれだけ放出し、どれだけ夏生に分け与えても、壱ノ護の熱量は一向に減る気配はない。いったいどれほどの妖力を持っているのか。

……あんな下等な妖一体を人間から引き剝がすのに、自分は命懸けだったというのに。

「馬鹿なことをした……な」

放っておけばよかったものを、何を期待して、自分を犠牲にしてまであの親子を助けたのか。その見返りが、あのつぶてだ。

「なつお……？」

意識を他所に飛ばした夏生を、壱ノ護が窺ってくる。やりたい放題で、止めろと言っても言うことを聞かないくせに、夏生には考え事すら許さない。傍若無人《ぼうじゃくぶじん》な犬だ。

「まだ終わらないのか」

「おわらない」

壱ノ護が再び動き出す。

指先がずっと温かい。摑んでいる壱ノ護の前足からも熱が伝わってくる。太く力強い足。全身を覆っている白い毛皮は滑らかで、雪に埋まっても寒くない。壱ノ護がまだ仔犬《こいぬ》だった頃は、自分の懐で丸まって寝ていたものだが、今は夏生が壱ノ護の腹の上で丸くなる。

今壱ノ護の尻尾《しっぽ》はどんな動きをしているのだろう。うつ伏せにされ、後ろから穿たれているから、それも見えない。言葉の足りない犬だから、尻尾のほうがよほど雄弁なのに。

さっきのあの光はいつまで待ってもやってこない。

「なつお、……なつお……っ」

自分勝手に動き続ける壱ノ護に好きなようにさせながら、また別のことを考える。里から逃げる途中、壱ノ護の背の上で眺めた光景を思い浮かべた。

様子の違った二体の地蔵。畦道にあった地蔵の前には花と団子が供えてあった。黄色の花は菜の花。薬師《くすし》だった父に教わり、たくさんの草花の名を知った。

もう一つの地蔵は長いこと忘れ去られ、野ざらしにされていた。あそこに地蔵があることなど、あの村の人はもう知らないのだろう。

山道の途中で目にした朽ちた神社。石畳は割れ、建物も傾き、もう何年も、何十年も、人の訪れた様子はなかった。

赤い鳥居。手水舎《ちょうずや》に拝殿。砂利の敷かれた小さな社庭。

それは記憶の隅に微《かす》かに残っている、ほんの一瞬の、だけど夏生が過ごしてきた長い年月の中、唯一平穏でいられた景色だ。

父も、母もいた。夏生の姿はまだほんの子どもだった。壱ノ護の存在も、この世になかった。

焼け落ちた大木の残骸は、最後に見た光景と重なる。

人々の罵声。化け物だと言われ、振り下ろされた腕。父の叫び声と、最後に見た母の姿。

「あのままずっと、……放っておかれたのか」

訪れる人もなく、取り壊されることもなく投げ置かれた神社の残骸。不吉な出来事の後始末を、誰もしたがらなかったのだろう。

他所者を厭《いと》い、異端者を畏《おそ》れ、厄介事を避ける。何年、何十年……百年経っても変わらない、あの村の気質そのものだ。

懐かしさを覚える感情ももはや生じない。あの神社は、夏生が生まれた場所だった。

※　※　※

――時は百年遡る。幼子が一人、神社の境内で遊んでいた。

こんもりとそこだけ盛り上がった土の上を、じっと見つめていた。夏生の視線に耐えかねたように、ポコポコと土が動き出す。

「みーぃつけた」

夏生の声に、それが顔を出した。ネズミほどの大きさの小鬼が盛り土から這い出てくる。

「また大きくなった。だいぶ鬼らしくなってきたな」

夏生の差し出した手に素直に乗ってきた小鬼を観察する。以前は形も覚束《おぼつか》ず、泥の塊のようだったものが、今は手足も生え、二つ目と赤い口も持っている。次にはどんな形になるだろう。

「今日は誰も来ないな。天気のせいか」

小鬼から視線を外し、空を見上げた。石畳の先に赤い鳥居が立っている。いつもは鳥居の上に留まっている鳥の姿が一羽もなかった。今日の来客はこの子鬼一匹だけらしい。

「鬼から人には変化しないのか？　口が利けるようになってくれれば面白いのに」

こんな風にかくれんぼの真似事《まねごと》はできても、それ以上の遊びにはならない。猫や犬のように懐いてくるわけでもなく、鳥のように与えた餌を啄《ついば》むこともない。

意思の疎通のできない遊び相手は、物足りなかった。

あの鳥居を抜ければ、もっとたくさんの動物や妖、或《あ》るいは人に会えるかもしれないが、夏生がここを出ることは、固く禁じられていた。

この神社の結界に守られている夏生は、ここから出た途端に危険に晒される。今は大人しいこの小鬼も、そうなればどんな暴挙に出るか分からないのだ。それに、山を散策して人間に見咎《みとが》められれば、もっと面倒なことが起こるだろう。

「鬼を育てられるのに、どうして私自身は変化できないのだろうな」

自分に妖を呼び込む力があることは、物心ついた頃から知っていた。土や草木、水、石など、そこら中からこれらが生じることも、自然と覚えた。

夏生が育てているこの小鬼も、ある日忽然《こつぜん》と生じた。夏生に取り憑き、夏生の力を借りて、急速に変化を遂げている。

それなのに、夏生自身の成長は著しく遅い。齢《よわい》十五を過ぎたというのに、その身体つきはせいぜい七つか八つだ。

本殿のすぐ横に、樹齢三百年を超える大きなカヤの樹がある。

母はその大樹の化身だった。

母がまだ妖気も持たない若木だった頃、山に入る人々の安全を祈願するために、山の中腹に位置するここに、小さな神社が建てられた。時々は参拝する人もあり、祈る姿も頻繁に見たという。

やがて麓の人は山に入るための別な道を見つけた。細く険しいここよりも、もっと容易《たやす》いその道を使うようになり、訪れる人がいなくなった。

ある日、忘れ去られたこの神社に一人の男が訪れた。陰陽師《おんみょうじ》だった男は、修業の旅の途中にここにやってきて、母と出会った。夏生の父だ。

誰も訪れることのないこの地で、二人はひっそりと夫婦になり、やがて夏生が生まれた。妖を妻に娶《めと》った父は、陰陽師の道を捨て、今は薬師として各地を行商して回っている。

妖の母と人間の父、そしてその間に生まれた半妖の夏生の三人は、この古い神社で、息を潜めるように暮らしていた。

キィキィと戸が軋《きし》むような音を立てて、夏生の手の中にいる小鬼が鳴いた。たった一人の来客に、再び目を落とした。

小鬼の形がまた少し変わっている。足が大きくなり、トカゲのような尻尾が生えていた。

「ふうん。お前はそういうものになるのか」

土から生まれたこれがどんな係累を持つのかまでは夏生も分からない。それらの数は膨大で、あらゆるところに、あらゆる類の妖が存在することしか知らない。

「水は好きか？　遊んでみるか」

参道の隅にある手水舎に行こうかと立ち上がると、ガサリ、と参道の横の植え込みから音がした。山の動物が遊びにでも来たのかと顔を向けると、木々の合間に人の姿が見えた。ヒタヒタと足音を忍ばせるようにして、それでも急ぎ足で山を下りていく。

「……またやってきたようだ」

逃げていく後ろ姿を見送っている夏生の背後で声がした。

振り向くと、母が立っていた。

白地に赤袴《あかばかま》の巫女《みこ》装束《しょうぞく》を着けている。真っ白な肌に造作の整った顔立ちは、夏生とそっくりだった。夏生と同じ、この母も時を止めたように姿が変わらない。それでも静かに佇《たたず》む様は、神ほどに近い荘厳さを纏《まと》っていた。

「小鬼と遊んでおったのか？」

夏生の手の中にいる小鬼を覗き、母が聞いた。高く澄んだ声は穏やかで優しい。

「これはまた、珍妙な形に育ったの。尻尾がある。お前の妖気を取って、そうなったか」

「はい。……あの、母上」

小鬼を眺めている母に、夏生は思い切って聞いてみた。

「どうしても……、ここから去らなければいけませんか？」

この神社に、人ならざる者が住まっているという噂《うわさ》が立っているという。山に入った人間が帰ってこないのも、その者の仕業だと恐れられているそうだ。

つい今しがた逃げていった人間も、怖いもの見たさで覗きに来たのだろう。しばらく静かだった山は、ここ最近ずっと騒がしい。

この騒ぎは夏生たちがここにいる間、ずっと続くだろう。だから騒ぎが大きくなる前にここを立ち去ろうと、両親は言うのだ。

「私も母上も、人間に害を及ぼすようなことはしていない。それに、父上は麓の者と同じ人間です。父上が説得すれば、理解してもらえるのではないでしょうか」

生まれた時から仲の良い両親を見てきた夏生には、そんな母や自分を、人が恐れるということが理解できないでいた。

何も悪いことをしていないのに、何故《なぜ》逃げるようにここから去らなければならないのか。

「人間たちは、自分の理解の及ばないものを恐れる。異端を忌《い》み嫌うものだ。説得をしても無駄なこと。あの者たちには、私たちを受け入れる器がない」

「ですが、父上は違うのでしょう?」

「あのような人は、人間の世界では稀有《けう》なのだよ」

ふくよかな笑みを浮かべ、母が言った。

人ではないということが、それほど重要なことなのか。人とは器の小さいものだと思う。

「お前にも、きちんと話をしなければいけないね。そろそろあの人も戻ってこよう。そうしたら、三人で相談をしようか」

黙ってしまった夏生を引き立てるように、母が明るい声を出した。

行商に出掛けた父は昨夜に戻る予定が、まだ帰ってきていなかった。一日や二日のずれなどいつものことなので、今日には帰ってくるだろうと、母はのんびりとした笑顔で言った。

「その小鬼も離しておやり。お前の手にあると、お前の妖気を吸って、どんどん大きくなってしまう」

「母上、これも時間を掛けたら、いずれ母上や私のような姿になりますか？　言葉を覚えさせたいのです。そうなるまでには、どれくらい掛かるのでしょう」

夏生の質問に母は困ったように笑い、「どうだろう」と言った。

「神社を出たら、言葉を解せる妖に出会えますか？」

「それは出会えるだろうよ」

「私にも、父上と母上のような伴侶を得られますか？」

生まれてから一度もこの神社から足を踏み出したことはない。終《つい》の棲家《すみか》を失うのは寂しいが、新しい世界に出ることで、仄《ほの》かな期待もあった。

母は父のことを稀有だという。夏生もそんな存在に巡り合うことができるだろうか。夫婦というものでなくてもいい。友人と呼べる者さえ、夏生は持っていない。

夏生の切実な声に答えようとした母が、不意に顔を上げた。口元から笑みが消え、その厳しい横顔に、夏生も異変を察した。

「母上……」

「夏生、隠れておいで」

母の命に従い、夏生は神社の奥にある本殿の裏側に身を隠した。半妖の夏生は母のように変化も、姿を消すこともできない。

息を潜め、じっと蹲《うずくま》っていると、鳥居の向こうから足音が聞こえてきた。先ほど逃げ出した人間が戻ってきたのかと思ったが、砂利を踏む音は、一人二人ではない。数十人、いや、もっとだ。足音の数はどんどん増えていき、百人以上の人間がこの古い神社を取り囲んでいる。

「さっきの子どもの姿がねえぞ」

「何かに化けて隠れてるんだろう。片っ端からぶっ壊しておびき出せ」

荒々しい声と共に、ガンガンとあちこちで乱暴に物を叩く音がした。

「おい、お前の仲間が隠れているんだろう？　呼べ！」

参道の辺りから一際大きい声がして、何かを引き摺る音が聞こえた。

「ここは私が一人で住んでいる」

父の声がした。そのすぐ後に、ガツ、と打ちつける音がする。

「嘘《うそ》を吐くなっ！」

「社務所にも何処にもいねえぞ」

「探せ。絶対にいるはずだ」

「面倒だ。火を点《つ》けろ。炙《あぶ》り出せ」

バタバタと大勢が走り回っている。やがて、パチパチという乾いた破裂音と、きな臭い匂《にお》いが漂ってきた。

「ほら！　全部燃えちまうぞ！　出てこい、化け物！」

父の「止めろ」という声と、それを掻き消すような怒鳴り声で、神社が騒然となっている。夏生を捜している足音から逃げ、本殿の裏側から建物の床下に入り込み、小さくなった。

じっと蹲りながら人の気配に耳をそばだてていると、怒声や足音に混じり、とても耳障《みみざわ》りな音が聞こえてきた。

地を這うような低い声が纏わりつき、夏生の身体を縛っていくようだ。頭が重く、立ち込める煙よりもその声が苦しい。

膝《ひざ》をつき、丸くなった状態でゼイゼイいっていると、突然後ろ襟を摑まれ、あっと思った時には、外に引き摺り出されていた。

「いたぞ！」

夏生を捕まえた男が叫び、そのまま連れて行かれる。

目にしたものは、縄で縛られた父の姿だった。参道の真ん中で膝をつかされている。屈強そうな男が脇に立ち、その男に殴《なぐ》られたのか、父の額からは血が流れていた。

鍬《くわ》や槍《やり》を持った村人たちに混じり、白装束の男たちの姿があった。数珠《じゅず》を手に持ち、口々に呪詛《じゅそ》を唱えている。

「火を消せ！　なんという罰当たりなことを！」

叫ぶ父を、隣に立つ男が「黙れ」と言って殴りつけた。

「父上！」

駆け寄ろうとした夏生の腕を、容赦のない力で引っ張られた。綱を持った人間が近づき、夏生を縛ろうとする。

「触れるな！」

初めて触れられた父以外の人間の手の感触にゾッとする。生温かくて気持ちが悪い。

「俺だって化け物なんぞに触りたくねえんだよ。大人しくしていろ。……何年も前から全然大きくならねえ。気味の悪いやつだ」

夏生を見下ろす顔が笑いながら歪《ゆが》んでいた。

なんだこれは。これが人間か……？　父と全然違う。まるでそちらのほうが妖のようではないか。

吐きそうなほど醜悪な表情を浮かべている人間を見上げ、せり上がってくるのは嫌悪と、怒りの感情だった。

「……おい！　この目を見ろよ！　真っ青だ」

子どもの姿だと侮り、組み伏せようと夏生に手を掛けていた人間の顔が、恐怖に強張る。

「早く！　こいつも退治しろ」

男が怯んだ隙《すき》に逃げようとし、突然足が止まった。

キィン、と耳を劈《つんざ》く音がした次の瞬間、見えない何かが身体に巻き付き、凄まじい力で絞られた。

呪術者たちが一斉に声を張り上げたのだ。忌まわしい呪詛が夏生を縛り、ギリギリと締め上げていく。

「ぐ……っ、が、あ、あっ」

「呪詛が効くぞ。今のうちだ。やっちまえ！」

苦しむ夏生を寄って集《たか》って棒で突いてくる。

「殺してしまえ」

人々の罵声が響き、頭に衝撃が走った。棍棒《こんぼう》で殴られたらしい。血走った目が夏生を見下ろしていた。恨みの籠もったその目に、どうしてと思う。

何故ここまで憎まれる。こんなことをされる理由が分からない。

話せば分かってもらえるなどと呑気《のんき》に考えていた自分が、どれほど甘かったのかということを思い知らされた。

「油断するな。見た目は子どもでも、こいつは化け物だからな」

何度も殴られ、罵声を浴びせられた。熱さと、呪詛で絞られる痛みとで息が詰まる。人間たちの暴動は狂気をはらみ、苦しむ妖の姿に興奮を高め、残虐さを増していく。

「止めろ！　呪詛を止めろ。それは悪い者ではないっ！　私の子だ。人間だ。夏生、夏生！」

「うるさい！」

叫ぶ父に向かい、脇にいる男が、棍棒を振り下ろそうとした。

「父上！」

突然、一陣の風が吹いた。

今まで夏生を苛んでいた呪縛がふっと緩み、息ができるようになった。吹き抜けた強い風に人間たちの動きが止まる。吹き飛ばされまいと足を踏ん張り、飛んでくる木葉から目を守ろうと、顔を覆っている。

突風を受けた男たちが怯んだ隙を衝《つ》き、夏生は父の側に駆け寄った。

「……父上」

青い焔《ほむら》がゆらゆらと立ち上り、父を包んでいた。父を拘束していた綱が、夏生が手を触れる前にハラリと解《ほど》けた。額にあった血も消えている。見ると、夏生の身体も同じものに包まれていた。焔は熱くもなく、むしろ心地好い温かさだ。

風は襲ってきた村人たちを追い散らすように、渦を巻いている。社務所や拝殿を燃やしていた炎も掻き消されていた。

嵐のような風の渦の中、夏生たちだけが青い焔に守られている。

——逃げろと、何処からか声がした。

父を連れて逃げろ。

声は外からではなく、夏生の中に響いてくる。

メキメキと木々が折れる音がした。叫ぶような声が再び夏生の中に響く。

父を連れて逃げろ。早く。ここから去れ。

やがて、吹き荒れる風に翻弄されながらも、人々が体勢を立て直し始めた。呪術者が一斉に呪詛を唱え始める。

不思議なことに、今度は呪詛を聞いても、夏生に縛《いまし》めは訪れなかった。

焔が、……母が守ってくれているのだ。

「父上。大丈夫ですか？」

青の焔に包まれながら、父が沈痛な顔をして遠くを仰いでいる。

「カヤが。……カヤの樹が」

父の声に、本殿の脇にある、母の核であるカヤの樹に夏生も視線を向けた。

真っ黒に焼けた幹から煙が上がっている。手当たり次第に放たれた火が燃え移っていたのだ。

燻《くすぶ》っている大木の上空が、ぽう、と光った。樹の上に、母の姿が見える。

「あれだ！　化け物の親玉だぞ」

叫び声がし、呪術師の声が一段と高くなった。

「あれを燃やせ。あれを倒したら、風も止むぞ」

焔に包まれた夏生たちのことなど目に入らぬように、人々の攻撃が一斉に母の樹に向いていた。

上空に浮かんでいる母は、静かな表情をしたまま微動だにしない。集中し、自分の持つ最大の力を使い、夏生と父を守っているのだ。

「駄目だ。火が点かねえ。風が強過ぎて」

「斧《おの》だ。倒しちまえ！　みんな、来い」

わらわらと人々がカヤの樹に群がる。

「……止めろ。止めろ！　止めろぉ――――っ！」

父が叫ぶ。張り裂けんばかりの声を出す父を抱き締め、夏生はその光景をただ見ているしかなかった。

ガツガツと幹を削る音。恐慌を来したような人々の罵声。それに父の叫びが一緒くたになる。上空にいる母の姿だけが、静かだった。

風が弱まり、燻っていた火が再び燃え上がった。母の樹が炎に包まれていく。

早く行けと、また声が聞こえた。

「母上……」

父を連れて逃げろ。早く。あなたたちだけでも逃げろ。行け。行って生き延びろ。

燃え尽きる前に……ここから、どうか……。

立ち上る炎の中で、母の姿が蜃気楼《しんきろう》のように揺らめいている。つい先ほど、三人で相談しようと、あの人がもうすぐ戻ってくると、夏生に語り掛けたと同じ、穏やかで荘厳な表情のまま、立ち尽くしていた。

火を放たれ、斧を打たれながら、夏生と父を守ろうと、最後の力を振り絞っているのだ。

「父上。……行きましょう」

母の命に従い、夏生は立ち上がった。

「父上。行かなければ、母上の努力が……無駄になります」

手を引いて参道を歩く。

神社を襲った村人たちは、夏生たちのことなどまるで忘れたかのように、母の宿るカヤの樹だけを目の敵にし、倒そうと躍起になっている。これも母の力なのだろう。母は夏生たちを逃がすために、人々の思考を混乱させ、夏生たちの存在を眩《くら》ませているのだ。

青の焔はずっと夏生と父を包んだまま、ついてくる。

鳥居をくぐる時、一度だけ振り返った。母はまだそこにいた。

その唇がほんの少しだけ、笑ったように見えた。

これはアザミ、これは芍薬《しゃくやく》。

丁寧に摘《つ》んだ草花を一つ一つ指し、父が花の名を教えてくれる。

茎、根、葉と、使える箇所とそれぞれの用途を学び、加工の方法も習った。

薬師として行商をしながら、父子での旅が続いていた。

時々は医者の真似事をし、祈禱師《きとうし》の役割も果たす。人々の患いの原因は、病ばかりではない。病に臥《ふ》す人に薬を調合し、看病の方法を教え、祟っている妖を払う。

何故人間を助けるのか、夏生には理解できなかった。母を、自分を、そして父をも滅ぼそうとした人間を、何故父は赦《ゆる》し、助けるのか。

母を残したまま神社をあとにしてから数年が経っていた。父は年を重ね、夏生の時間は相変わらずゆっくりと過ぎていた。

あの神社には、あれから一度も戻っていない。母がもうあの場所にいないことを、二人とも知っていた。

二人を守っていた青い焰は山を下りる間もしばらくはついてきていた。そして数日後に、忽然と消えた。妖力のすべてを使い果たし、父と夏生を逃がし、人間たちの足止めをし、そして母は消滅したのだ。

人間との初めての接触をあのような形で迎え、壮絶な経験をした夏生は、完全に人間不信に陥っていた。

行商をする父の傍らにいても、夏生は人と決して口を利かなかった。夏生の容貌に惹かれ、近づいてきた人間にはあからさまな敵意を示した。父の後ろに隠れ、相手が諦め、呆《あき》れ果てるまで睨み続ける。

そんな夏生を父は叱《しか》らなかった。代わりに頭を撫で、優しく慰める。

「妖と同じで、人間にもいろいろな種類がいる」

悪い人ばかりではないと言われるが、それでも赦すことはできなかった。

「知っています。父上のような」

夏生の返事に、父は「私は相当な変わり者だがな」と笑った。

「母上もそう言っていました。父上のような人は、稀有なのだと」

夏生の言葉に父は声を立てて笑い、懐かしそうに目を細めた。

「そうだな。あれが言うならそうなのだろうな。だけどそれでいいと思っている。お蔭《かげ》でカヤに出会えた。お前を得ることもできた。本当に幸せだと思うよ。……そうか。カヤはそんなことをお前に言っていたのか」

母の名を口にする父の声は、この上なく優しく、父にとって母がどれほど愛《いと》しく、大切なものであったのかが窺い知れる。そんな父の声を聞くと、夏生も温かい気持ちに包まれる。自分にもそんな存在が欲しいと思った。

「ずっと時間が経ち、時代が進んだら、私のような人間がもっと増えているかもしれない」

夏生の願望を察したように、父は変わらず柔らかい笑顔で、「絶望するな」と、そう言った。

「いろいろな場所を訪ねて、いろいろな人を見ていくといい。無理やり赦すこともない。いつか必ず出会える」

「そうでしょうか」

「そのためにはまず、夏生も自分自身を守れるようにならないとな」

目下の問題は、妖を引き寄せてしまう夏生の体質だった。

父が常に側につき、夏生に近づいた妖を払う。夏生自身も父に術を教わり、多少は防衛できるほどには成長していた。

父の心配は、自分がいなくなったあとのことだった。夏生の時計はゆっくりで、父のそれとは速さが違う。

「カヤでさえあのような力を持つまで、三百年だからな……」

「でも私は、三百年経っても母上のようにはなれません」

「うーん、私の血も半分入っているからな」

のんびりと父が言い、「困ったな」と笑っている。

夏生の先のことを心配する父に対し、夏生自身はあまり深く考えてはいない。

父がいなくなったのち、自分よりも強い妖に襲われ消え去ろうと、それは仕方のないことだと思うのだ。

父が亡くなれば夏生は一人だ。

その先の気の遠くなるような長い時間を、人間を憎みながら過ごし、妖に喰われることを恐れ、ずっと隠れるようにして生き延びても、なんの楽しみも、意味もない。

「父上に教わって、少しは妖の誘いを無視できるようになりました。短い時間だったら、小さい結界も張れるようになったし」

「そうだな。段々に覚えていけばいい。私も頑張って長生きするよ」

「はい」

帰る場所は失った。友人もない。人間は嫌いだ。夏生は弱く、父と過ごす時間にも限りがある。

壱ノ護との出会いは、そんな未来に対する不安と諦め、虚無を抱えていた夏生の流浪の旅に、大きな変化をもたらした。

星が美しい夜だった。幾筋もの尾を引いて、流星が山の彼方《かなた》に流れていく。

父と夜空を眺めながら歩いていた山中で、親とはぐれたのか、山犬の子どもが一匹、道に倒れていたのだ。

ぐったりと横たわっていたそれは、真っ黒なボロ切れのようだった。

取ってこいと投げた棒を追い、壱ノ護が弾丸のように飛んでいく。

黒犬だと思っていた壱ノ護は、洗ったら真っ白になった。拾った当初は衰弱が激しく、あまり長くは持たないのではと危ぶまれたが、それも杞憂に終わり、壱ノ護はすくすくと育っていった。

棒を咥えた壱ノ護が戻ってきた。きちんと座り、褒めてくれと尻尾を振りながら待っている姿が可愛らしい。

「偉いぞ、まる」

夏生の弟分として、父から立派な名前をもらった壱ノ護を、夏生は「まる」と呼んでいた。コロコロとした形状が白い毬《まり》のようだったからだが、今では立派な成犬に育っている。二本足で立てば、夏生の背に追いつくほどだ。

山犬の成長は早い。その一方で、夏生の成長は相変わらずゆっくりのまま、外見はやっと十五歳を迎えるぐらいだ。

両手で顔を挟み、耳の後ろの部分を撫でてやると、壱ノ護が気持ちよさそうに目を細めた。耳から頬、首の辺りを撫でてやりながら、ふと、胸に薄い模様があるのに気が付いた。真っ白な毛色の中、薄らと黄色の部分がある。それは胸を中心に十字を描くように広がっていた。

「なんだお前、ブチだったのか?」

他にも色がないかと身体を探ると、撫でてもらえるのかと勘違いしたらしい壱ノ護が、ひっくり返って腹を出した。

「そういうつもりではなかったんだが……。遠慮のない犬だな」

ここを撫でろと催促するように身体をくねらせるので、苦笑しながらご希望の場所を撫でてやった。そうしながら模様を確かめるが、胸にある十文字しか見つからない。ふさふさの白い毛に描かれた十の字は、黄というより金に近い色をしていた。

「黒犬かと思ったら白犬で、実はブチだったのか。それにしても気が付かなかった。大人の毛に生え変わったからか」

オン、と壱ノ護が元気に吠え、もっと撫でろと夏生の手に自分の前足を掛けてきた。

「そうか。大人になったのか。その割に甘えん坊だな。……こら、舐めるな。今度はこっちか？　要求が激しいな、よし、よし」

大きな身体で甘えてくる壱ノ護に、夏生は声を立てて笑った。

壱ノ護という遊び相手を得て、夏生の旅は格段に楽しさを増した。神社にいた頃遊んでいた鳥や小鬼などとは全然違う。

壱ノ護は夏生を無心に慕ってきたし、全力で遊ぼうとする。時々はこちらが辟易《へきえき》するほど纏わりついてきて、夏生に叱られていた。腕白な弟を持った気分だ。

壱ノ護の格付けとしては、父が一番であり、自分と夏生は同等のようで、それが原因で時々喧嘩《けんか》にもなった。夏生が壱ノ護を弟のように思えば、向こうも同じような態度を示す。

生意気な犬めと腹を立てながら、そんな喧嘩すら楽しい。

よく笑うようになった夏生に、父も「いい相棒ができたな」と嬉《うれ》しそうだった。

その父も、段々年を取ってきた。

「まる。父上がもうすぐ……いなくなるようだ」

壱ノ護の腹を撫でてやりながら、夏生は父との別れが近いことをそんな風に打ち明けた。

夏生の声に、ピンと耳を立てて、壱ノ護が見上げてくる。

陰陽師として修業を積んだ父の身体は堅強だったが、永遠には続かない。山を越える体力が衰え、大きな妖から夏生を守る力も弱まってきた。

漠然と考えてきた未来が、もうすぐやってくる。

「お前と二人で旅を続けていくのは難しいことかもしれないな」

父に薬師としての技術は教わったが、それを売り歩くのは難しいことだと思った。幼さの残る夏生の外見では、まず信用は得られまい。

もう一つの特技である妖払いは、外見がたとえ大人に見えようとも、絶対にしたくなかった。あれは自分を守るためだけに使おうと決めていた。

その自分を守るということも、父がいなくなれば難しくなっていくだろう。父のように修業を積んだわけでもなく、夏生の使う術など、強大な力を持つ妖には到底通じないものだ。

「まる。お前、私がいなくなっても、一人で生きていけるか？」

父も夏生もいなくなった時、壱ノ護はどうするだろうか。自分が消えてしまうことは、あの神社を出た時から覚悟していたことだった。だが、今は壱ノ護という心残りができてしまった。

「お前がいる間ぐらいは、生きていられるかな……」

クゥン……、と鼻を鳴らし、夏生の手の甲を慰めるように舐めてきた。言葉の意味は分からずとも、口調と声で何かを察したのだろう。

「お前は利口だな」

夏生も壱ノ護の頭を撫でてやった。

「父上のように、まるが私を守ってくれるか？　父上がいつも言っているだろう。夏生を守るんだぞって」

詮ない愚痴を、そっと零してみる。夏生にしても、妖に襲われて、消えて無くなるのを望んでいるわけではない。

「そうすれば、もう少し一緒にいられる。せめて、お前がいなくなるまで……」

人や動物の寿命が短いことは仕方がない。半妖の夏生は、壱ノ護や父とは時の巡りが違うのだ。

……だが。

「それも……嫌だな。お前を見送って一人になるのは、私が寂しい」

仕方がないことだと諦めていても、割り切れない思いもあった。壱ノ護と出会い、楽しい経験をたくさんしてしまった。知ってしまっただけに、それを失うのは悲しいと思う。

「せっかくお前と出会えたのにな。できればもう少し長く、……お前と一緒にいたい」

人間への憎悪も薄らいできている。それも壱ノ護のお蔭だった。

夏生と共に、何処にでもついて歩く壱ノ護に対する人々の対応は優しかった。やんちゃで人懐こい壱ノ護を撫で、時には肉をくれたりする。そして夏生にも笑顔を向け、菓子や握り飯をくれるのだ。

それまでは人と見れば敵対心しか持たず、父の後ろに隠れ、拒絶の態度を示していたのだが、徐々にそれが軟化していった。

そんな夏生を見て、父がとても喜んでいるのが分かった。人間を憎む夏生に何も言わず、黙って見守ってくれてはいたが、同じ人間である父には、それがとても辛《つら》いことだったのだろうと、あとになって気付いた。

夏生を人の子と思っているうちは、敵にはならないのだということを学んだ。

父が言うように、半妖の夏生を受け入れてくれる人間にも、いつか出会えるかもしれない。だけど、別れは必ずやってきてしまうのだ。受け入れられようとも、心を許そうとも、いずれは夏生を残し、皆去っていってしまう。

成長していく人の背中を見送り、すべてが消えていっても尚《なお》、一人残される。

「お前を残していくのも、私が残されるのも、どちらも嫌だ。私は強欲だな。だけど寂しいのはやはり……嫌だ」

オン、と壱ノ護が吠えた。自分も同じだと言ってくれているようで、笑いながらその頭を撫でてやった。

「いい子だ。よし、戻ろう。父上が待っている」

明るい声を出し、野原をあとにした。夏生の足元にぴったり寄り添って、壱ノ護がついてきた。


変容はその日の夜に起こった。

晴れた夏の夜は外での野宿だった。火を焚《た》いて夕餉《ゆうげ》を囲み、そのまま眠りにつく。

長年やってきたことだが、老いてきた父にはこれもきついだろう。

父は夏生の心配を他所に、用意した飯を平らげ、少しの酒を飲んだ。母との昔話を聞かせてくれ、夏生は壱ノ護と共に、父ののろけ話を聞いていた。

上機嫌で話している父は昔と変わらず、老いたとはいえその頼もしい声に、別れの時はまだ少し先だと、夏生を安堵《あんど》させた。

それでもこうして野宿ばかりしているのは父に負担だろう。せめて少しの間、何処か小さな村に定住することはできないだろうか。

夏生が半妖だと人に知られなければ、悲惨なことにはならない。だからほんの少し、ひっそりとでも、人間の営む家族のように過ごせないだろうか。二人と一匹で。

ずっと昔、母と父と三人で暮らしていた時のように。

父の取り留めのない昔話を聞きながら、壱ノ護の身体に凭《もた》れ、夏生はそんな幸せな夢想をしていた。

陽気にしゃべっていた父が不意に黙り、背中にあった壱ノ護の身体がピクリと動いた。

「……来たみたいですね」

父と壱ノ護が反応したのと同時に、夏生も気付いていた。何かが近づいてくる。

ズズ、ズズ……、と地を這ってきたそれは、岩のように固く、大きい。火が焚いてあるのに、明かりが届くところまで気配が寄ってきても、姿は見えない。

壱ノ護が唸り声を上げた。姿がなくてもそこに在るのが分かるのだろう。夏生を守るように前に立ち、姿勢を低くしている。

壱ノ護の後ろに匿《かくま》われ、夏生は父に教えられた通りに、神経を集中させ、自分の気を内側に集めた。妖力を凝縮させ、息を潜め、餌としての美味しい気配を消すのだ。妖払いの術を使うこともあるが、父が側にいる時には父一人に任せていた。父と夏生とでは呪術師としての能力に差があり過ぎて、却って足手纏いになるからだ。

父が懐に手を入れた。取り出したのは水晶で作られた数珠だ。唇を動かさず低い声で呪詛を唱え始めた。数珠を腕に巻き、人差し指と中指を立てる。残りの三指を折り曲げ、九印を結んだ。

父の術に妨げられ、妖の進みが止まった。夏生に引き寄せられながらも行く手を阻まれ、足掻《あが》くように蠢いている。抵抗する力は強く、かなり大物のようだ。苦し紛れに漏らす音は動物の鳴き声に似ていた。元は大猪《おおいのしし》の変化か、或いは複数の動物の気が合わさったものかもしれない。

もがいている妖の動きが大きくなる。被せるように父の声も高くなった。夏生への未練が強いのか、妖はなかなか諦めない。

呪詛を唱える父の表情が険しくなっていった。額から汗が噴き出す。指の結びが変わり、より強力な呪縛の術に変化した。前進を止められた妖が尚も暴れる。

このままでは父の負担が大きい。叱られるのを覚悟で自分も加勢しようと、夏生が内包していた妖気を放とうとしたその時、それは起こった。

夏生の前に立ちはだかっていた壱ノ護が飛んだ。

物凄《ものすご》い速さで夏生を狙っている妖に襲い掛かったのだ。岩のような黒い塊に飛び付き、牙を立てている。これまで聞いたことのないような、恐ろしい唸り声を上げていた。

「……っ、まる、離れろ!」

突然の出来事に不意を衝かれ、夏生は一瞬声を失い、それから慌てて叫んだ。普通の山犬が太刀打《たちう》ちできる相手ではない。

恐怖がせり上がってくる。自分が消えてしまうかもしれないという漠然としたものとは違う、今目の前にいる者を失ってしまうという思いは、胸を突き刺すような鮮烈な痛みだった。

「まる！　止めろ！　まる、まるっ！」

夏生の必死の声にも壱ノ護は動きを止めず、食らいついた口を離さなかった。

「まる……っ！」

失いたくない。このままでは壱ノ護が死んでしまう。

飛び出そうとする夏生の腕を父が強い力で握り、制した。片手で印を結んだまま、目は妖と一塊になっている壱ノ護に注がれている。

「父上！　まるが……」

額に汗を噴いたまま、父は動かず、夏生の腕を握った力も緩まない。夏生を守ろうと戦っている壱ノ護に駆け寄ることもできず、父の隣で成り行きを見守るしかなかった。

炎に照らされた壱ノ護の白い身体が激しく蠢いている。ガフガフと嚙みつく音が聞こえ、咥えた肉を引きちぎるようにして首を振った。両方の前足で妖の身体を押さえ、また嚙みつく。壱ノ護の動きが激しくなっていく。

ぎゃぉおん、と空気を切り裂くような声が聞こえた。妖の反撃に遭った壱ノ護の悲鳴かと一瞬身体が強張ったが、違った。壱ノ護は唸り声を上げながら妖に食らいついたままで、悲鳴を上げたのは妖のほうだ。

妖の断末魔と壱ノ護の荒々しい息遣いだけが聞こえ、いつの間にか父の呪詛も止んでいた。夏生の傍らに立ち、食い入るように成り行きを見つめている。

やがて、ゴリゴリという咀嚼音《そしゃくおん》が響いてきた。

……壱ノ護が妖を――喰っている。

「まる……」

嚙みつき、首を振り、引きちぎり、喰う。岩のようだった妖は壱ノ護に喰われ、形を無くしていった。

「父上、これは……いったい」

目の前で起こっている光景が信じられない。ただの山犬が妖を喰らうなど、できるものなのだろうか。

「夏生……見ろ。変わるぞ」

父の声に、もう一度妖に覆い被さっている壱ノ護に視線を戻す。茫然《ぼうぜん》としている夏生の目の前で、次の変異が起こった。

獰猛《どうもう》な唸り声を上げながら妖に嚙みつき、首を振っている壱ノ護の胸元が光っていた。胸の模様の十文字が金色の光を帯び、同時に壱ノ護の身体が盛り上がるように大きくなっていく。

「セイモンだ」

父の口から漏れた言葉の意味は分からず、夏生はただ立ち尽くしていた。父は一人で何かを納得したように静かに頷き、その口元に笑みを浮かべている。

声もなく見つめる夏生の前で、壱ノ護の身体は二倍ほども膨んでいた。胸には金の光をはらんだ文様が浮き上がっている。胸ばかりか、目の色も変わっていた。喰い尽くされそうな妖は、もはや抵抗もできずにただ姿を失っていく。

肉を引きちぎる音、骨を砕く音、……それを飲み込む音。壱ノ護が妖を喰う音だけが、周囲に響き渡る。

やがて、妖の気配がなくなった。

「喰っただけじゃない。……取り込んだんだ」

父の声にハッとする。

辺りには静けさが戻っていた。妖の姿はなく、暗闇に焚火《たきび》の赤が揺れ動いている。何事もなかったような景色の中、壱ノ護の姿だけが変わっていた。

「よし、来い。壱ノ護」

呪珠を懐に仕舞った父がしゃがみ、いつもしているように軽く声を掛けると、壱ノ護が父に掛け寄ってきた。

「よし、いい子だ。お前は夏生を守ったんだな。よくやったぞ」

妖を喰い、取り込み、姿を変えてしまった壱ノ護を、父が褒める。

「言いつけを守ったんだな。壱ノ護」
ハ、ハ、と息を吐きながら、壱ノ護が大きな身体で父を見下ろす。
夏生を守れと、常日頃言い聞かされていた。名前の由来である父の命を忠実に守ったと、晴れがましい顔をした壱ノ護が、オン、と高らかに吠えた。

「そうか、そうか。お前は凄いな。そうか。……そうだったのか。よし、よし」

父に褒められて、得意げに胸を反らしながら、壱ノ護が夏生を見た。金色の文様も、金色の目もそのままに、壱ノ護が夏生をじっと見つめている。

倍近くも大きくなった身体で、両方の前足を揃《そろ》え、尻尾を揺らしている姿は、夏生に褒められるのを待っている、いつもの壱ノ護だった。


父を亡くしてから、何度目かと数えることもなくなった春が、またやってきた。生まれたばかりの赤子が、孫を持つほどには、時が過ぎている。

その間に夏生の姿も少しばかり成長し、今は青年に見えるくらいになっていた。

桜の樹の枝が川面につくほどに枝垂れていた。水の上も花びらに覆われている。川辺に集まり、酒を飲み、騒いでいる人々を、山の遙《はる》か上のほうから眺めていた。

春に咲く花は桜ばかりではないというのに、人間にとってあれは特別な花のようだ。風に乗って流れてくる人の声を聞きながら、またあそこに下りていかなければならないと思い、夏生は溜息を吐いた。

「ぐずぐず迷っていても仕方がない。やることをやって、嫌なことは早いとこ済ませてしまおう」

鈍る決心を自分で励ますように声を出し、すぐ横に座っている壱ノ護に目をやった。夏生の声に同意するように、壱ノ護はパタパタと尻尾を揺らしている。

山で獲った肉を売りに里へ下りる。その金で当面必要なものを買う算段だ。

食べ物にはそれほど困らない。寝るところも雨風さえ凌《しの》げれば、何処でもよかった。寒さも苦にならない。柔らかく温かい、生きている毛皮の布団《ふとん》があるから。

だが、着る物だけは必要に応じて揃えなければならなかった。毎日着ていれば擦《す》り切れてもくる。里へ下り、買い物をするにしても、余りにみすぼらしい恰好では、店に入るのにも躊躇する。その辺の折り合いが難しかった。

「しばらくは下りなくてもいいようなくらい、仕入れられるといいんだが」

山にも春が訪れていた。これからは過ごしやすい季節が続く。なるべく長い期間里へ下りずに済むように、一度にたくさんの金を稼ぎ、買い物をしておきたいと思った。

「仕事が済んだら、また山伝いに移動していこう。父上の墓参りにも行くか」

夏生の提案に賛成だというように、壱ノ護がオン、と一声吠えた。この山犬は夏生の言葉をすべて理解しているのではないかと、時々思う。

「そうだな。しばらく行っていないからな。あっちのほうは、まだ雪が残っているかもしれない。ゆっくり歩いていくうちに、春が追いついてくるだろう」

何処か小さな村に定住し、父との最後の時を過ごしたいというささやかな目論見は、結局叶《かな》わなかった。息を引き取る寸前まで父子は流浪の旅を続け、そのまま父は逝《い》った。最後の最後まで、夏生の行く末を案じ、壱ノ護に夏生を託し、母との思い出を抱き締めながら、静かに息を引き取った。今はここからずっと北にある山の奥で眠っている。

「よし、行くか」

壱ノ護が獲ってきてくれた兎を背負い、桜の舞う、賑《にぎ》やかな声のするほうへ、夏生は足を踏み出した。

大きな町を選んだのは、そのほうがいろいろな用事をいっぺんに済ませられると思ったからだ。商店の数が多いし、肉を売るにしても買い取りの値段を比べて交渉もできる。

だが、すぐにそれが失敗だったと気が付いた。

人が行き交う大通りを歩く夏生と壱ノ護を避けるように道が割れていく。通り過ぎては振り返り、ひそひそと声を交わし、時には「うわっ」と大仰な声を上げて飛び退《すさ》る人もいた。

原因は、夏生と一緒に歩いている壱ノ護の姿だった。

夏生に近づく妖を片っ端から喰い、その度に身体を大きくしていく。今隣にいるのは、およそ普通の山犬とは言い難く、そんな壱ノ護を見れば、人々が怯《おび》えるのも無理はなかった。

町なかを熊のような大きさの犬が歩く。それだけでも十分注目を浴びるのに、壱ノ護は始終ピリピリとし、すぐに唸り声を上げる。目が合っただけで相手を威嚇し、震え上がらせてしまうのだ。

妖を見つければ、夏生を狙っているわけでもないのに飛びつき喰ってしまう癖は、人の前では絶対にやるなと、強く言い聞かせた。それでも時々はその言いつけを破られ、慌てて里から逃げ戻ることもしばしばだった。

あんなに人懐こい犬だったのに、どうしてこんな風になってしまったのかが分からなかった。妖を喰い続けるうちに、壱ノ護の中の何かが変容してしまったのだろうか。

今もグルグルと喉を鳴らし、辺りを警戒している。

「まる。……壱ノ護。頼むから唸るのを止めろ」

言葉が理解できていると思えば、まるで言うことを聞かないこともあり、それにも困惑を深めた。父がしていたように、上手《じょうず》に制御できないことが腑甲斐《ふがい》なく、悔しい。

肉を買ってもらえそうな店を見つけ、前で待っていろと言うが、夏生が入ろうとすると、すぐに後ろをついてきてしまう。

「ほら。待っていろ。金が手に入らないと買い物もできないだろう。言うことを聞け」

強い口調で叱り、やっとその場に留まらせる。両足を揃え、行儀よく座るが、歯を剝き出した顔が、明らかに不満を訴えていた。

交渉する余裕もなく、一軒目でそそくさと兎を金に換え、急いで買い物に回る。米、着物、味噌、と頭で算段しながら早足で大通りを歩いた。

太物屋の前で止まり、ここでも強い声で待てと命じた。

中に入ると、春物の反物が並べられて、店内は煌《きら》びやかだった。

「今日はどんなものをお探しで。お仕立てですか？」

売り子が声を掛けてきた。仕立てを頼むつもりはないので、すぐに着られる物、古着でもいいから何か見繕ってくれと頼んだ。

これはどうか、これが顔に映えると、売り子が張り切っていろいろと出してきた。

「お客さんは色が白いから、艶《あで》やかなのがいいですねえ」

「……いや、あまり派手な色でなくていい」

実用性と丈夫さで選びたい夏生に対し、売り子が懸命に商売をする。

「いやいや。勿体《もったい》ないですよ。本当、綺麗《きれい》なお顔で。お客さん、役者さんか何か？」

「違う」

まじまじと顔を覗かれ、目を逸《そ》らす。媚《こ》びるような会話は嫌いだ。それに、人と会話することも久しくなかったから、対応が分からず、つい切って捨てるような物言いになってしまった。

だが、慌てる夏生が面白いのか、売り子は何も気にしていない様子で笑顔を作り、やはりこれが似合う、あれもどうかと夏生に勧めてきた。

「この紋様はどうでしょう。上品ですよ」

差し出された着物を手に取り、吟味してみた。淡い青地に桜の花を散らしたような柄が入っているのは、確かに今の季節に合っていて綺麗だと思った。

「季節物は今しか着られないから、別の柄を頼む」

一着買えば、しばらくはそれで過ごすのだ。それならあまり季節を限定したような柄は選びたくないと思った。

「んー、似合うんですがねえ。お勧めですよ。では、これともう一枚、普段使いの物を選んだら如何《いかが》です?」

商売上手な売り子の言葉に、しばし考え込む。

「それなら……」

「決まり。もう一枚はどれにしましょうかね。本当、お客さんぐらいの男前だとなんでも似合うから、こちらも選び甲斐がありますよ」

「……いや」

「いやいや。こちらはどうです? 当ててみましょうか」

にこやかに言われ、肩の上に着物を掛けられる。

「ほら、映りがいい。こちらも当ててみてください」

すっかり乗せられて、出されてきた追加の着物を次々と肩に掛け、追従《ついしょう》を並べられているると、突然悲鳴が聞こえた。

太物屋の店内に壱ノ護がいた。牙を剝き出した凶悪な顔をして、夏生を睨んでいる。

「ひ……っ」

今まで陽気に商売をしていた売り子が顔色を失い、固まった。

喉を鳴らしながら、壱ノ護がジリジリとこちらに向かってくるのに、夏生は急いで立ち上がった。

「では、これとこれを。お代は？」

商売どころでなくなっている売り子に無理やり代金を支払い、広げられた中から着物を二枚引っつかんで、外に飛び出した。

早足に店から遠ざかろうとする夏生の後ろを、壱ノ護がついてきた。

「……お前、どうして入ってくるんだよ。待てと言っただろう？」

夏生の叱責《しっせき》に、壱ノ護はフン、と鼻を鳴らし、やはりピリピリと不機嫌をまき散らしながら、夏生の隣にぴったりとついてきた。

結局里で手に入れた物は着物が二枚だけだった。太物屋を出てから、壱ノ護の不穏な空気はますます高まり、あれ以上町に留まることができなかったからだ。

山に戻り、宿にしている大木のむろで、夏生はふて寝をしていた。壱ノ護は町での不機嫌がなかったかのように、夏生を包んだまま丸くなっている。

「もう少し買い物がしたかった」

米も他の食料も何も買えなかった。せっかく久し振りの町だったのにと、恨みも募る。太物屋での買い物も、もう少しゆっくり吟味したかった。人と会話したのも、だいぶ久し振りだ。

流浪の生活は慣れているし、たいして不便でもないが、今日のような出来事があると、やはりたまには人の声が聞きたいと、改めて思うものだ。

「お前がしゃべれたらな」

夏生の言うことを理解してくれると言っても、一方的に夏生が話すだけで、壱ノ護は言葉で返してはくれない。

「そういえば子どもの頃、小鬼を育てて、私の気を吸わせて変化させていたんだよ。あんな風にしていけば、まるもそのうち人に変化できるかもしれないな」

遊び相手もなく、小さな妖を育てるのが唯一の慰めだった。自分の妖気を与え、変化していく様を観察していた。あれが会話を交わせるぐらいになるには、どれくらい待てばいいのだろうと母に尋ねたら、困ったような顔をされた。

「凄く時間が掛かるのだろうな。それに気を吸わせるのは、もう無理だし、な」

あれはあの場所だったからできたことだった。母の助けで神社から逃げ出し、父と、途中からは壱ノ護と、長い放浪の旅を続けていくうちに、分かってきたことがある。

「私は取り込まれるばかりで、自分が取り込むことはできないらしい」

母の領域であるあの神社で、夏生は守られていた。邪鬼や蟲に自分の妖気を与え、育てるような遊びができたのも、夏生自身、母から妖気をもらっていたからなのだろう。

終の棲家を追われ、夏生は妖気を供給される場所を失った。妖に憑かれ、持って行かれた妖気は出ていったまま、何処からも夏生は取り込めない。

このままでいけば、いつか自分は消滅してしまうだろう。長い、長い年月を掛けて、徐々に妖気を失っていく。それがすべて空になった時、夏生はきっと消えて無くなる。

「仕方がないか。その時はその時だろう。今すぐというわけでもない」

諦めと覚悟は外の世界に出た時からずっと抱えてきた。人間よりも遙かに長い時を過ごしているのだ。今更自分の命を惜しむ気持ちもない。

「お前も付き合ってくれているからな」

一人きりでいるよりずっといい。

父と母のような、お互いをすべて受け入れ合えるような者との出会いも未《いま》だになく、それはこれからもないだろう。心残りといえばそうだが、それでも今は、一番近い存在に壱ノ護がいる。

「お前がいなかったら、私はとうの昔にこの世からいなくなっていたよ」

柔らかい毛皮を撫で、大きな白い山犬に感謝する。父の死を乗り越えられたのも、こうして旅を続けながら、絶望に駆られないのも、すべて壱ノ護という相棒がいてくれるお蔭だ。

それを思えば、壱ノ護の存在は伴侶に近いとすら思う。二人の絆《きずな》はそれほどに強く、喧嘩をしながらも、離れることなく、こうして旅を続けていられる。

「お前は私の伴侶か?」

夏生を守り、夏生を理解し、ずっと側についていてくれている。

「父上が言っていた。そういう者にいつか必ず出会えると」

丸くなって寝ていた壱ノ護が夏生の顔を見つめてくる。黒々とした瞳に自分の姿が映っていた。

「お前は私のことが好きだものな……?」

壱ノ護の目に映る自分の目を覗くように問い掛けた。クゥン、と甘えた声が聞こえ、目に映る自分の顔が笑顔になる。

「そうか。好きか。私もだ。……欲を言うなら、生意気な態度が直ると尚いいんだがな。少しは里で大人しくしてくれよ」

夏生の苦言に、今度はフ、と鼻から息を発し、また丸まってしまった。自分の前足に顎を乗せている。

「都合が悪くなるとその態度か」

薄目を開けて夏生を睨んだ壱ノ護が不意に顔を上げた。むろの外に向けてクンクンと鼻を蠢かし、低く唸った。

「どうした？　また妖がいるのか？」

この辺に出現していた妖の類は、ほとんど壱ノ護が喰ってしまった。まだ湧き出ているのかと警戒していると、立ち上がった壱ノ護が、のっそりとむろから出ていった。

外はすっかり夜になり、今日は月もなく真っ暗の中、壱ノ護が何かに向かって吠えている。ギャンギャンとうるさく鳴くのは威嚇だ。相手は妖ではなく山に住む動物らしかった。むろの周りを忙しく走り回りながら吠え立て、側に寄る者を追い散らす作業を繰り返している。やがて誰もいなくなったことを確認したのか、壱ノ護がまたのっそりと戻ってきた。

「妖ではなかったみたいだな。なんだろう。狐だったら顔でも見たかった。何もあんな風に追い返すことはなかったんじゃないか？」

妖と違い、小動物は害がない。寄ってくるぐらいは構わないし、むしろ構いたいと思うのに、壱ノ護はそれさえも承知しない。

「そんな風にしていると、いずれ私がいなくなった時、寂しい思いをするぞ……？」

妖を取り込み、妖力を持ってしまった壱ノ護は夏生同様、他の山犬のようには生きてはいけない。仲間も得られず、もし運よく出会えても、やはり寿命の違いで置いて行かれる運命を背負ってしまったのだ。

今は夏生がいる。だが、壱ノ護だけになってしまった時を思うと、胸が痛む。父の命を聞き、夏生を守るために異形の者となってしまったこの山犬に、自分がしてやれることが何もないのがもどかしい。

「もう少し寛容な心を持て。寂しい思いはさせたくないんだ。お前だって本当の伴侶が欲しいだろう？」

夏生と違い、壱ノ護は強い。夏生を失ってからの長い年月の中、本当の伴侶と呼べる存在に出会ってくれたらいいと思う。

「来い」と命じたら素直にやってきた。太い首を抱き、滑らかな毛並みに顔を埋《うず》める。

「こういう命令はちゃんと聞くのに、他の時は聞いてくれないんだな」

不満を漏らしながら、壱ノ護が大好きな耳の後ろを撫でる。目を細めながら、壱ノ護が夏生の顔をじっと覗いてきた。

「今日の里での態度もだいぶ酷《ひど》かったぞ。何故あんな風に誰彼構わず威嚇する」

妖を喰いまくり、異常なほど育ってしまった壱ノ護は、その性格も以前と変わってしまった。夏生を守るという姿勢は変わらないが、常に苛立《いらだ》っているような様子もあるのだ。

「どうした？　壱ノ護。何か不満があるのか？」

父に代わって夏生が壱ノ護の主になった。だが、父のようには壱ノ護を飼い慣らせず、そのせいでお互いに苛立つこともある。

夏生の言葉を理解してくれているようで、だけど夏生には壱ノ護の考えていることが分からない。

「なんだ？　何が言いたい？　お前の言いたいことが、私には分からないよ。……お前が人に変化できたらな」

首と耳を撫でてやりながら、言っても仕方のない愚痴を零す夏生の頬を、壱ノ護が舐めた。

ペロペロと慰めるように舌を動かし、首を竦《すく》めたら、隙間に鼻をこじ入れてきた。

「こら、止めろって」

擽《くすぐ》ったくて笑いながら叱るが、壱ノ護は止めず、今度は首を噛んできた。

「……まる？」

舐められることはしょっちゅうだが、こんなところを噛まれたのは初めてで、僅かな恐怖が過《よぎ》る。

「噛むのは止めろ。こら……っ、あ」

狼狽えながらも厳しい声で諌《いさ》めると、首に噛みついたままの壱ノ護が体重を掛けてきた。

上から押され、思わず手をついた。

「……どうした？　壱ノ護、何がしたい……？」

前足でグイグイと肩を押され振り向けない。うつ伏せの態勢で、壱ノ護が上に圧し掛かっている。

首を噛んでいた口は離れたが、次には何をされるのかが分からずに、動けないでいた。生意気で言うことを聞かないといっても、刃向って手を掛けてきたことなど、今までなかった。

夏生の上に壱ノ護がいる。肩にある重みが背中に移ったかと思ったら、着物の裾を捲られた。

「壱ノ護、何を……っ」

驚いて声を出す夏生の項を、もう一度壱ノ護が噛んできた。再び動けなくされ、身体を硬くする。項にある壱ノ護の口の中は熱く、チロチロと動く舌と、僅かに食い込んでいる犬歯の感触に、明らかな恐怖を感じた。

「止めろ……、壱ノ護……、っ、あっ、あっ」

項を噛んでいる口よりも熱いものが後ろに当たる。物凄い力でそれが肉を割り、いきなり奥まで入ってきた。

「ああああっ！」

絶叫と共に、グチャグチャという水音が、狭いむろの中に響いた。何が起こっているのか理解できず、衝撃が来る度声が上がった。

項にある壱ノ護の口は動かず、後ろで動きながら時々嚙んでくる。荒い息と共に、仔犬の頃のような小さく切なげな声を発したかと思うと、すぐ次には獰猛な唸り声を上げ、強く穿ってきた。

「や、だ。……いや、だ、まる、まるっ……やめっ」

グイ、と最奥まで突き挿し、その瞬間目の前が赤くなるほどの衝撃が来た。夏生の内側を占領していたそれがドクドクと脈動し、温かいものが注ぎ込まれる。

「な……に……？」

何が起きているのか、答えを考える前に、壱ノ護が再び激しく動き出した。夏生の中を熱いものが行き来している。これがどんな行為なのか知識では知っていたが、自分の身に、しかも飼っている山犬によって施されようとは考えもしなかった。

衝撃は強く、痛みはよく分からない。突然のことに混乱しながら、身体の中に起こっている不思議な現象に、さらに困惑した。

身体の芯が温かい。壱ノ護の熱さに同化するように、指の先まで熱を帯びていく。

「あ、……あ、あ」

不思議なのは、こんな乱暴なことをされながら、何処か満たされていく感覚があるのだ。目減りしていた水の嵩《かさ》が増していくような充足感に驚く。抵抗しながら、無理やりに内側から充塡《じゅうてん》されていく。

一瞬過った恐怖は薄らいでいたが、疑問と混乱はなくならず、考えることもできなかった。上にいる壱ノ護の力は強く、逃げることもできずに好きにされるままだ。たっぷりと注がれたもので、再び腹が熱くなる。打ち込み、止まり、注ぎ込み、また穿つ。際限のない苛みの中、ただただ受け取らされ、隙間なく埋められていく。

「まる……、もう、止めろ、止め……て、くれ」

命令の声はうわずり、夏生の懇願に近い訴えにも、壱ノ護は聞いてくれない。

「まる、……あ、あっ」

いつまで続くのか。終わらない凌辱《りょうじょく》に怒りが湧くと共に、獣そのものの行為に呆れた。

「この……っ、止めろ、……って、馬鹿っ！」

夏生の怒気に、項を噛んでいた口が離れ、今度はベロベロと舐め回し始めた。耳と言わず頬と言わず、顔じゅうを舐める行為は夏生の機嫌を取っているようだ。

だけどやはり動きは止まらない。

「離れろ、馬鹿犬！　馬鹿……っ、あ、あ」

夏生に罵られながら、激しい抽挿を繰り返し、壱ノ護が時々声を上げる。鼻を鳴らし、キュ、ウン……と切なげな鳴き声が聞こえた。

「う……、あ」

首を振って逃げようとすると、壱ノ護の重みが増した。荒々しい仕草で夏生を穿ちながら、必死にしがみついてくる。

長い凌辱の時間が続き、諦めの境地に陥ると共に、やがて意識が遠のいていった。好きにしろと投げやりな気持ちになりながら、目を閉じた。

意識を手放す寸前、自分を呼ぶ声を聞いたような気がして、なんだ？　と返事をしようと思ったが、声にはならず、そのまま深い眠りに落ちる。

気が付いた時には辺りは明るくなっていた。むろの中にも光が射してくる。

一晩中苛まれた身体は重く、だけど不思議な充足感は続いていた。痛みも怪我もない。

頬を舐められて目を開ける。壱ノ護のするいつもの起きろという合図だ。

顔を向けると、そこにいるはずの山犬の姿がない。

金色の瞳に、褐色の肌。そして眩しいほどの、銀色の髪。

荒々しい外見を持ちながらも、見たこともないような美しい男が、夏生を見下ろしていた。

※　※　※

鳥の声に促されて目を開けた。長い夢を見ていたようだ。

洞窟の中。背中に取り憑かせた妖を喰った壱ノ護に、一晩中責め苛まれ、そのまま眠ってしまった。

射し込んでくる光は朝日だ。その光を背に、人間の形になった壱ノ護がしゃがんでいた。金色の瞳が夏生の薄い青色のそれを覗いている。

「……どうした？」

無言のままじっと夏生を見つめている姿が、壱ノ護が初めて人に変化した日の記憶と重なった。

お前が人に変化できたらと他愛ない愚痴を零したその翌朝、壱ノ護は人の姿になっていた。驚いている夏生を、今のようにじっと見下ろしていたのだ。

あの頃のことを思い出し、ぼんやりとしている夏生の頬を、壱ノ護が舐めてきた。凛々《りり》しい顔が近づき、ペロ、と撫でていく。

「なつおが、おきた」

目を覚ました夏生を認めると、安心したように目が細められた。目尻に微かな皺《しわ》が寄り、瞳の色が変わっていく。緩慢な動作で目を擦《こす》り、夏生がもう一度壱ノ護を見上げると、金だった瞳の色は、濡れたような黒色に戻っていた。その瞳がまた近づいてくる。

人間の姿のまま、壱ノ護が身を屈《かが》め、夏生の顔をペロペロと舐めてきた。

「……こら、犬。止めろ」

人の形をしていても、中身が犬なので、やることは同じだ。だが受けるこちら側の準備がないままにこういうことをしてくるから、夏生のほうが慌ててしまう。見た目は強健な男が顔を舐めてくるのだ。

「止めろって」

「なつお……?」

不思議そうに首を傾《かし》げる仕草は山犬の時と同じだ。だけど姿が違うだけで、どうにも調子が狂ってしまう。

「めをさまさないから、ずっとねるのかと、おもった」

いつまでも寝ている夏生を心配でもしたのか、壱ノ護が鼻をくっつけてきた。

「……それはお前のせいだろう」

夏生の非難の声に、壱ノ護は分からないというように、また首を傾げている。言葉もたどたどしく、語彙も少ない。響く声は低く張りがあり、男らしい。

その声を出す度に動く喉仏に目が行ってしまい、夏生は意図的に目を逸らした。

「起きる」

夏生の声を聞いた壱ノ護が立ち上がった。夏生が身体を起こすのを認めてから、先に洞窟を出ていく。

真《ま》っ直《す》ぐな足は力強く、腰も太い。隆々とした背中は硬く、広い。自分のほうが長く生きているはずなのに、やっと成人に見られる夏生よりも、壱ノ護のほうがずっと大人に見えた。

犬の癖に、主人の言うことを全然聞かない馬鹿犬の癖にと、心で悪態を吐きながら、つい大きな背中を目で追ってしまう。何故だかそれが悔しくて、同時に鳩尾《みぞおち》の辺りがざわざわと疼いた。

同じ人の形を持っていても、夏生とまるで違う。山犬の時はもちろん、人の姿をした壱ノ護にも力で敵わない。どうしようもない二人の違いに溜息を吐きながら、出ていく背中をやはり目で追ってしまうのだった。

壱ノ護に続き、夏生も外に出る。山の上はまだ春には遠く、洞窟の周りだけは土が見えるが、それ以外は未だ雪に覆われていた。

夏生も外気には人間ほど敏感でもない。分厚い毛皮を持つ壱ノ護は夏が苦手で、これに関してだけは夏生のほうが、適応力が上だ。

「なかなか過ごしやすい場所のようだな、ここは」

これぐらいの気温なら十分過ごせるし、人間がやってこないことのほうが、遙かに都合がいい。洞窟は奥が深く、雨風は十分に凌げる。

「かわがある。あっちだ」

雪の壁の向こうを指し、壱ノ護が言った。鼻の利く山犬は水の匂いが分かるらしい。

「そうか。魚が獲れるな」

「どうぐも、とってきた」

夏生が寝ている間に一人で山を越え、前の隠れ家に置いてきた旅の道具を取りに行ってきたらしい。

「米もあるし、しばらくはここで過ごせそうだ」

麓にはすでに春の予感があった。雪に囲まれたここも、あと数日もすれば様相が変わってくる。雪が解けたらまた考えよう。時間は有り余っている。空しいほどに。

ここをしばらくの住処《すみか》にすることにして、食事の支度《したく》を始めた。洞窟から薪を運んできて火を起こした。壱ノ護に命じ、川から水を汲《く》ませてくる。湯を沸かし、米と塩で粥《かゆ》を作った。

夏生が支度をしている間、壱ノ護は言われるまま走り回り、そのあとは遠巻きに夏生の動く様子を見ている。人間の姿になっても、壱ノ護は火が苦手なのだ。

「近くに薬草があるといいな。薬味にもなるし。それはもっと雪が解けないと無理か」

質素な朝餉が整い、粥を掬った茶碗を壱ノ護に持たせる。不器用な手付きで茶碗を持ち、壱ノ護が口を近づけた。

大きな身体で持つ茶碗は、子どもの仕様のように小さく見える。はふはふと、熱い汁が苦手な壱ノ護が四苦八苦している姿が可笑しい。

「熱いか」

「あつい。のめない」

椀に唇をつけては粥まで辿《たど》り着けずに湯気に負けて眉を顰めている。

「慣れろ。もうそんなに熱くない」

夏生の声に、また仕方なしに椀を口に持っていく。チラリとこちらを覗き、夏生が見ているのを確かめると、決心したようにぐい、と椀を上げ、粥を飲み込んだ。

これ以上ないというくらいに眉が寄る。悶絶《もんぜつ》の表情をしながら壱ノ護が身体を震わせた。

「んー、んんんんー」

ボッ、と尻尾が生えた。大男の背中に、大きな白い尻尾がわさわさと揺れている。

「……出ているぞ」

「あつい、あつい」

「ちゃんと冷ましてやっただろう。まだ尻尾が出るほど熱いのか」

寒さには特別強い癖にと、笑いが込み上げる。やはり犬だ。だいぶ人間らしい言動を取れるようになってきたが、まだまだ危なっかしい。里に下りる時は一層注意が必要だと思いながら、それでもそんな壱ノ護の様子に、何処か安心もする。

「そんな有様では頻繁に里に連れては行けないぞ」

夏生の声に、茶碗を持ったまま壱ノ護がじろりと目を上げた。

「人の前で尻尾を出されたら、大騒ぎになるだろう」

人間の姿の力強さも、他を圧倒するようなビリビリする空気も妖力も、夏生には遠く敵わないもので、主人である夏生の存在など消し飛びそうなほど強大な力を持つ壱ノ護が、夏生に叱られながら、飲めない粥を啜《すす》っている。

「だいじょうぶだ。さとではださないから」

仔犬の頃の壱ノ護は、夏生のあとを追い掛け、じゃれつき、何処にでも一緒についてきた。その関係は今も変わらず、だけど今の壱ノ護は、彼がその気になれば、夏生などいなくても一人で自由に何処へでも行ってしまえる強《したた》かさがある。自分はきっとそれが不安なのだ。だから今の壱ノ護の他愛ない様子に安堵するのだろう。

人間の姿の壱ノ護を前にした時の、この胸のざわつきの原因はたぶんそれなのだと、夏生は自分の茶碗に口をつけながら、そう納得した。

「現に今出ているじゃないか。尻尾が。ほら、思い切り出ているぞ。だから普段から気を付けろと言っているんだろう?」

「でない。いままでも、だしたこと、ない」

壱ノ護が減らず口を叩く。

「さとでは、かゆをのまない」

単純な犬は、だから尻尾なんか出さないと豪語した。

「そうじゃないだろう。尻尾を出していなくても、妖気は隠さないじゃないか。昨日だって、再々言っておいただろう？　もっと妖気を隠せ。あれでは人間が怖がる」

夏生の苦言に壱ノ護が目を伏せた。尻尾が振れて、パンパンと地面を強く叩いているのは不機嫌な証拠だ。

「いいか。もう少し大人しくするんだぞ」

「おれはなにもしていない」

「しなくても伝わるんだよ。お前の妖気が」

重ねる夏生の小言に、壱ノ護はフン、と息を吐いた。尻尾はまだ縦に揺れていて、反省の色がまるで見えない。

「おれは、なつおをたすけた」

それどころか口答えをしてきた。……本当に生意気な犬だ。

「言うことを聞かないなら、もう里へは連れて行かない。私一人で下りる」

「いやだ。おれもいく」

「それなら里に下りた時はその妖気を隠せ。それが守れないなら連れて行かない。分かったな。返事」

「……わかった」

縦に揺れていた尻尾が横に大きく振れている。ズザ、ズザ、と箒《ほうき》のように地べたを滑らせるのは、返事に反して全然分かっていないということだ。

「壱ノ護。……土埃が粥に入る」

夏生の厳しい声に、尻尾の動きがピタリと止まり、今度は尻尾の先だけを立て、ひよひよとそよがせた。謝っている。

「便利な尻尾だな」

強面《こわもて》で仏頂面《ぶっちょうづら》の、人間の姿をした山犬がうっかり出してしまった、感情表現の豊かな尻尾に思わず笑う。あはは、と珍しく声を上げて笑っている夏生を、椀に口をつけたまま、壱ノ護が見つめている。

「ほら、もう冷めただろう。ゆっくり味わえ。今日の粥はなかなか上手くできた」

機嫌のいい夏生の声に、そよいでいた尻尾の動きが大きくなり、次にはパタパタと、嬉しそうに揺れた。


夏生の予想した通り、数日も経つと周りの雪は嵩を減らし、景色が変わった。土の黒と新芽の緑が日に日に増していき、鳥の囀《さえず》りがうるさくなる。山全体が完全に春に覆われるのももうすぐだ。

壱ノ護がつけた道を、今日は夏生一人で辿っていた。水を汲むために川と洞窟とを毎日行き来していた道は、雪と泥が混じり、柔らかい土の上に大きな足跡がついている。

魚と粥に飽きた夏生に命ぜられ、壱ノ護は今朝から狩りに出ている。兎を獲ってくると言って、張り切って出掛けていった。だから夏生は一人で留守番をしているのだった。

人間よりは環境の変化に鈍感で、妖よりは脆弱な夏生だが、壱ノ護に妖力を注がれてからしばらくは、体内にある壱ノ護の妖気が結界となり、他所の妖が近づけなくなる。だから壱ノ護は安心して、夏生を置いて出掛けていく。

泥濘《ぬかる》んだ道を、足に泥を跳ね上げながら歩いていた。汚れた足は川の水で洗い流せばいい。そんなことを気にしていては山の中で暮らしてはいけないし、あの犬とも一緒に過ごせない。火を怖がる山犬は水を見ると興奮し、ざぶざぶと自ら飛び込んでいってしまうので、側にいる夏生にも被害が及び、濡れてしまうのが常だったからだ。

鳥の囀りが近くなったり遠くなったりしながら、夏生の歩く方向へ、一緒になってついてきた。

「川はそろそろか？」

頭上にいる鳥に聞くと、ピチュピチュと音を鳴らし、先の空を旋回してまた戻ってきた。どうやら案内をしてくれるようだ。

「そうか。あっちか」

壱ノ護はすぐそこに川があるようなことを言っていたが、口の足りない山犬のことだ。近くと言いながら、四里ほども離れていたら、あとで嘘を吐くなと叱ってやろうと思いながら、大きな足跡のついた道を進んでいった。

半時も歩くと、さわさわと水の流れる音が聞こえてきた。夏生の上を飛び交っていた鳥たちが、一斉に少し先の空の上を旋回し始めた。

「あそこか。まあ、この距離なら近くと言えるな」

壱ノ護を叱るのは止めようと思いながら、水音と鳥の位置を確かめ、川のある場所を目指した。鳥の数はますます増え、水音も大きくなり、やがて川に辿り着く。

雪解け水で嵩を増した川は幅が広く、飛び石の上を勢いよく水が走っていた。壱ノ護なら難なく渡り切れそうな川でも夏生には難しい。飛び石に上手く乗り移れても、水に足を掬われたら終わりだ。もちろん人間も渡ってこられそうにない。

目の前にある川の様子を見て、壱ノ護が比較的簡単に夏生を置いて出掛けていった理由が分かった。いつもならもう少しぐずぐず言うか、夏生を背中に乗せて一緒に連れて行こうとするからだ。

呼べばどれほど遠く離れていようと一瞬で飛んでくる壱ノ護は、それでも夏生を一人にしたがらない。よほど夏生が頼りないのか。

忠誠心というよりも、危なっかしい半妖から目を離せないという親心にでも近い心情なのか。不遜で過干渉な壱ノ護の保護欲だった。

不本意ながらも一応主人の言うことを聞いてやっているという壱ノ護の態度に、向かっ腹を立てながら、苦笑してしまう。なんの役にも立たず、守られているのに威張っている、自分の我儘《わがまま》な主人振りも分かっているからだった。

昔は小さな壱ノ護がただただ愛おしくて、可愛《かわい》がっていた。親以外で意思の疎通のできる相手を初めて得た。呼べば飛んでくるし、走ればついてくる。無邪気な相棒と遊ぶのは楽しかった。

兄弟のようにじゃれ合い、一緒の床で絡まるようにして眠っていた。鼻先を押しつけて甘えてくるのに応え、くしゃくしゃになるまで撫でてやり、顔も手も唾液でべとべとになっても好きに舐めさせてやった。

夏生に憑いた妖を喰い、妖力を得るようになってからも、しばらくは兄弟のような関係が続いた。

変わったのは、壱ノ護が人間の形を取るようになったあの時からだ。

奪われた妖気を夏生に分けるためだというあの行為が、二人の関係を異質なものに変えてしまった。主従の関係は崩れ、夏生は壱ノ護の圧倒的な力に組み伏せられながら、力を分け与えられる。

あの行為を繰り返す度、夏生の中の妖の部分が肥大化していくような感覚に陥る。そのうち自分は人の心を失くし、完全に妖になってしまうのではないかと。

壱ノ護と無理やり交わるようになってから、夏生の時の進みはますます遅くなった。それが母の血によるものなのか、壱ノ護から注がれる妖力のためなのか、夏生には分からない。

里に下りれば嫌な思いしかしなく、人間とは関わり合いたくないとも思うのに、半分流れている人間の血が薄れ、無くなってしまうのではと思うと、何故か恐怖を感じた。人間など大嫌いで、むしろ憎しみしか湧かないはずなのに、その血が無くなるのが怖い。

壱ノ護はそれを望んで、夏生に獣の精を注ぎ、妖力を分けようとするのだろうか。だから十分だという拒絶も聞かず、あんな風にしつこく夏生を蹂躙《じゅうりん》するのか。溢れるほど満たされ、疲れ果て、気を遠くに飛ばしても離そうとせずに、ずっと。

勢いよく流れる水を目で追いながら、数日前の壱ノ護との営みを思い出し、眉を寄せる。快感の疼きに連れて行かれそうになり、すぐさま置いて行かれた。

後ろからガツガツと穿たれるだけで、摑むものは地面か、壱ノ護の前足ぐらいしかない。最初の時から壱ノ護は自分本位で乱暴で、それでいて夏生の様子を窺い、他所に意識を逸らすことさえ許さない。機嫌を窺うぐらいなら、もう少し優しく扱えばいいものを。……せめて仰向けで、あのふさふさとした逆毛や、三角の大きな耳を触っていられたら、夏生も安心して身を任せられるというのに。

だけど獣の姿の壱ノ護にそれを望むのは無理な話だ。人の姿であれば、正面から抱き合えるのにと思う。

そんなことを考えながら、自分の上で揺れる人間の姿の壱ノ護を想像してしまい、思わずブルブルと首を振った。

「馬鹿なことを考えるな」

川に向かってそう呟き、昂《たかぶ》った心臓の音を沈めようと深く息を吸った。頬が熱く、鳩尾の辺りがざわつき、……痛い。

そんなことが起こり得るはずもない。あれは弱った夏生に妖力を分け与えるだけの行為で、壱ノ護が人間の姿になる必要などこれっぽっちもないのだ。それを望む自分がおかしく、そんなことを壱ノ護に言えるわけがなかった。

脳裏《のうり》に浮かんでしまった光景を振り払うように足を速める。忘れてしまわなければ。こんな邪《よこしま》な思いを、壱ノ護に気取《けど》られるのは耐えられない。

下流に向かいながら、春の山を歩いた。鳥たちがずっとついてきて、時々川の向こうでテンや兎の姿を見るようになった。壱ノ護がいたら姿を見せることもない小動物たちだが、夏生一人の時は油断するのか、ああやって顔を出し、目を楽しませてくれる。妖に憑かれやすい夏生は、同じようにして動物からも好かれる。

「よかったな。今日はまるを連れていないぞ。見つかったら追い払われてしまうから」

動物も妖も餌でしかない壱ノ護は、夏生に動物たちが懐くのも嫌がる。今日はおっかないお目付け役はいないから、どうにかしてあのテンと遊べないものかと、渡れる場所を求めて川沿いを歩いていった。

下るほどに春の色が濃くなっていく。機嫌のいい夏生の声に安心した鳥が肩に留まり、それを乗せたまま軽い足取りで川を下っていった。川向こうの動物の姿も増えていく。

川の幅が一瞬狭まり、夏生でも移れそうな飛び石を見つけた。これなら向こう岸に行けそうだと、目星をつけていたら、肩にいた鳥が突然飛び立った。ピチュピチュとけたたましい声を上げ、もう少し川下に行った辺りを忙しく旋回し、また戻ってくる。

「どうした？　何かあるのか？」

鳥に呼ばれるようにして、川を渡らずに移動した。一旦狭くなっていた川幅がまた広がり、代わりに流れが比較的穏やかな場所に出た。用心すれば、飛び石を使わなくても向こう岸に渡れそうなほど水は浅く、川底に濁流がぶつかる様子もない。

向こう岸に渡りたい夏生の希望を汲んで、鳥が教えてくれたのかとも思ったが、そうではなかった。土石流の残骸なのか、大きな岩が川の真ん中よりも少しこちら岸側に、ドンと横たわっていた。その岩の陰からバシャバシャという水音と、微かな声がした。

大岩の上にひょいと乗り、用心しながら川を覗くと、……案の定人間がいた。若い男が一人、川に嵌《はま》ってもがいている。

下半身が水に浸かり、両手で岩を抱くようにして掴まっていた。必死に這い上がろうとしているが、上手くいかない様子だ。雪解け水は冷たく、体温を奪われた身体は思うように動かないらしいが、川から上がれない理由はそれだけではなかった。

「多々良《たたら》の類か」

ナマズのような髭《ひげ》を持った、手足の生えた大きなオタマジャクシが、男の腰にしがみついているのが見えた。普段は澱《よど》んだ水のある、沼や池に生息する妖だ。転がってきた大岩と、集まった木切れで流れをせき止められ、溜《た》まりになっている場所に住みついているらしい。

男が必死の形相で這い上がろうとしている。立ち上がりさえすれば助かるほどの浅瀬で、妖に取り憑かれて溺《おぼ》れているのだった。唇は寒さで紫色に変色し、岩に掴まっている指の力も弱く、すぐにも離れてしまいそうだ。

「……助け……っ、ごぼ」

夏生を見つけ、声を上げた途端に男の片手が離れ、がぼん、と川に沈んでしまった。慌てて水面から顔を出し、げぼげぼと水を吐きながら、夏生を見上げてくる。

「さて、……どうするか」

溺れている男を上から眺めながら考えた。助けたところで良いことはないと、再度学んだのはつい数日前だ。

夏生が悩んでいる間にも、目の前で男が浮いたり沈んだりしていた。腰にしがみついていたオタマジャクシは、男の肩まで上っている。これが頭の上まで来れば、男は死ぬ。

「おい妖。お前は沼の者ではないのか？　何故ここにいる」

大岩の上にしゃがみ込み、妖に話し掛けた。男の肩に乗った妖が夏生の声を聞きながら、男の上で身体を揺らした。以前の蟲とは違い、形のある妖の類には、夏生の言葉を理解するものもある。

「悪戯はいいが、その淀《よど》みに人間を沈めるのはどうか。仲間が捜しに来れば、その堰《せき》を壊されるぞ」

説得をするのではなく、単に真実を告げてやる。妖にとって人の死など何ほどでもないが、住む場所を壊されれば、ここから消えて無くなるしかないのだ。

「山に入った男が帰ってこなければ、家族が捜しに来る。川に流されたかと、その淀みを浚《さら》うぞ。そこでその男を見つければ、お前がせっかく作ったその堰も壊すだろうな」

腰を下ろし、推測できる未来を教えてやった。妖の行動を理解できる夏生は、同じように人間の行動の予測も容易にできるのだ。

「親切に教えてやっているのだ。淀みがなくなったらお前は困るのだろう？　その男を使い、もっと大きい堰を作ろうとしているのか」

キィキィと音を立て、妖が返事をした。どうやってここに辿り着いたのか、それとも自然にこの淀みで生じたのか、理由は分からない。だがこの沼の妖は確かに川にいて、自分の今ある住まいをより快適にしようと、偶然渡ってきた人間を捕まえ、川の流れを更にせき止め、より大きな吹き溜まりを作ろうとしていたらしい。

夏生が妖に話す間にも、男は浮き沈みを繰り返していた。顔を上げ、口から水を吐き出し必死に息を吸っている。唇の色は紫から白に変わり、あまり時間を掛けてはいられないと思った。

「どうしてもそれを離さないか。それを私に渡してくれたら、それよりも大きな物をあげよう。大木か、戸板はどうだ？　大きいぞ。その男が運んでくるだろう」

夏生の声に、男が溺れながらうんうんと頷いた。

「男が約束すると言っているぞ、どうする？」

妖が考えている様子だ。人間との約束など信用できるものではない。男がどうなろうと、夏生も知ったことではないのだが。

ただ、目の前で妖に沈められそうになっているのを見てしまったら、見殺しにするのは忍びない。悪い癖だと自分で思う。

「私はこの界隈《かいわい》に大勢の人間がやってくるのは困るのだが。お前もそうだろう？　住む場所がなくなってしまうぞ」

夏生の言葉に納得したのか、男の肩に乗っていた妖がスルスルと下りていき、腰からも離れ、ゆらゆらと川面《かわも》に浮いた。

「おい、男。もう立てるぞ」

浅瀬で寝そべるようになって溺れていた男が、「え」と言いながら恐る恐る立ち上がった。

「そのまま岸に上がれ。すぐにでなくてもいいが、できれば約束は守ってほしい。川のその場所に、大きめの木切れでも投げてやってくれ。それから他の人間は連れてこないでほしい」

立ってみれば腰にも満たない水位に茫然としている男にそれだけ言って、夏生は川をあとにした。これ以上は関わりたくない。

見上げると、成り行きを見守っていた鳥たちの姿はなく、川向こうにいた動物も見えなくなっていた。妖に取り憑かれて泡を食っているのを見物するまではしても、助かってしまえば、人間など側にも寄りたくない存在なのだろう。夏生も同じだ。

「待ってくれ」

来た道を戻る夏生の背中に声が掛かる。濡《ぬ》れ鼠《ねずみ》のままの男が後ろをついてきた。

「早く火を焚いて身体を温めろ。ここから先は平坦ではなくなるぞ。戻れ」

振り向かないまま、後ろにいる男に言った。

せっかく助かったのに、濡れたままでは凍えてしまうだろう。浅瀬のあるこの辺には河原があるが、それ以外は人の踏み入れない獣道だ。そんな場所へ帰っていこうとする夏生も通常の人間ではない。さっきの妖とのやり取りを見ていれば一目瞭然《いちもくりょうぜん》だ。

それなのに、男がしつこく後ろをついてくる。

「ついてくるな」

「礼を。助かった」

「礼などいらない。今日のことは忘れたほうがいい」

気まぐれでまた助けてしまったが、思慮が浅かったと反省している。壱ノ護が帰ったら、すぐにでもあの洞窟から出たほうがいいだろうと思った。

「この山の奥に住んでいるのか？　おい、待ってくれ」

返事をせずに黙々と歩を進めるのに、男が追い掛けてくる。木の根に足を取られ、転びそうになりながら、必死に声を掛けてくるのだ。

「とにかく助かった。なあ、待ってくれ」

河原から山道に入り、文字通りの獣道に差し掛かったところで振り返った。溺れた上に濡れた身体で走ったためか、だいぶ体力を消耗しているらしい男が膝をつき、ゼイゼイいっていた。

「……ここからはどんどん道が険しくなる。帰れなくなるぞ。まずは火を起こして身体を乾かせ」

立ち止まって声を掛けると、男が夏生に向けて笑顔を作った。

「すまないが、手伝ってもらえないだろうか」

「……火を起こすのをか？」

図々《ずうずう》しい申し出に眉を寄せると、男の眉が情けなく下がった。

「あそこに一人で留まるのは……怖い」

要するに、妖に襲われた男は、その場所に一人で取り残されるのが怖くて、置いて行かれまいと、必死に夏生を追っていたのだった。


男の名前は太一《たいち》といった。今日は山に山菜を採りに来たのだという。雪解けしたばかりの山はまだ山菜も少なく、どんどん奥に分け入り、ついには川を渡ろうと思ったと。

「あと数日待てば、麓のほうがたくさん採れただろうに。向こう見ずだな」

太一の無謀な行動に夏生が説教をすると、太一が恥ずかしそうに頭を掻いた。

「そうなんだけど、そうなると競争が激しくなるから、結局数が減る」

里の誰よりも早く山に入り、少しでも多く収穫したかった、だから急いだのだと太一が言った。

「それにしてもこんな山奥に一人で住んでいるとは、仙人様か？」

雪の残る山の中、小袖に草履《わらじ》という姿で獣道に入っていこうとした夏生に、太一が聞いた。

「そんな風に思うのか」

「思うさ。大岩からひょっこり顔を出してくるんだから」

川に潜む妖にはあんなに怯えていたくせに、人の形を持っているだけでどうにも安心するらしい。もっとも、頼る者が誰もいないという究極の状況で、夏生に依存するしかないという心境なのかもしれない。

「それに姿が並はずれて綺麗だ。俺みたいに泥にまみれていないしな。人離れしている」

屈託なくそんなことを言う太一に苦笑した。

「人ではないかもしれないぞ」

「やっぱり、仙人様か」

「人でないとなると仙人になるのか」

「だってそうだろう?」

命が助かり、濡れた身体も温まり、人心地が付いたのか、太一が緩んだ笑顔を夏生に向けてきた。こんな表情を人間に向けられたのは、初めてだった。

「私が怖くはないのか?」

驚きを持って聞く夏生に、太一が不思議そうな顔をした。

「何故だ? 俺の命の恩人だろう。怖いことなんかあるものか」

太一がそう言って笑った。

「……そうか」

「俺がいなくなったら弟が一人になっちまう。死ぬわけにはいかなかった。本当に助かった。

ありがとう」

　真っ直ぐな声で礼を言われ、鳩尾の辺りがズクズクと疼く。石をぶつけられるまではいかなくても、絶対に怖がられると思っていた。それを追い掛けてこられ、礼まで言われる。

　こんな人間も……いるのか。

「どうした？」

　黙ってしまった夏生の顔を太一が覗いてきた。黒の瞳は邪気がなく、口元から歯が見える。

「いや。そうか。太一には弟がいるのか。いくつだ？」

　夏生の質問に、太一は「ああ」と嬉しそうに頷き、「九つだ」と答えた。

「でも、年よりもうんと小さく見える。藤丸《ふじまる》といってな」

「藤丸か。いい名前だ。強そうだな」

　弟の名前を褒められた太一が、また大きな笑顔を作った。

「強いのは気ばかりで、身体は弱い。親がいた時から貧乏だったからな。栄養が足らなかったのかもしれない。年を重ねて少しずつでも丈夫になってくれればいいが」

　冬の間は田畑が枯れる。両親を亡くし、幼い弟を残して他所に働きに出ることもできず、近所に助けられながら生きていると太一は言った。

「麓の村で生まれたのか、二人とも」

「そうだ。父も母もあの村で生まれて、一度も出ずに死んだ。けど、俺はいつか出たい。藤丸を連れて。小さい村だからな。娯楽もないし、狭くて閉鎖的だ」

麓の里で出会った人々の目を思い出した。

それから、朽ちた神社の境内。焼け落ちた樹の残骸。最後に振り返った時の母の姿。

「そうか」

太一はあの村で生まれたのか。母を滅ぼし、父を追い詰め、夏生をも殺そうとした者たちの子孫なのかと考えた。

あれからだいぶ時間が経った。父や母や夏生を知る人は、あの村にはもう誰もいない。

「出たいとは思うが、すぐにはなかなか、な。金もないし、第一、弟を連れてこの山を越えることを考えると、いつになるか分からないな。まあ、兄の俺が川すら渡るのも難儀だから」

そう言って太一が屈託なく笑った。その笑顔に釣られて、夏生の頬も緩んだ。

「弟は身体が弱いのか。それは心配だな」

「ああ。何処といって悪いところもないんだが、すぐに熱を出して寝込んでしまう。金がないから容易に医者にもかかれん。腹いっぱいも食えんし」

「そうか。大変だな」

「俺のところばかりじゃないしな。赤ん坊が育つのは一《いち》か八《ばち》かだ。俺も藤丸もまだ運がある。今日も助かったし、仙人様のお蔭で」

に、とまた人懐こい笑みを浮かべ、太一が言った。

「私は仙人ではないぞ。……夏生という」

「そうか。夏生か。いい名前だ。お前に似合う」

「適当なことを」

「そんなことはない。本当に似合うと思うぞ。清々《すがすが》しい顔つきがぴったりだ。その目の色も綺麗だ。空みたいだな」

「……そんなことを言われたのは初めてだな」

「そうか？　とても綺麗だぞ？」

ニッコリと笑い、太一が夏生の目を覗いてきた。

こんな風に人間と普通の会話を交わすのは、どれくらい振りだろう。名前を教えたのも、呼ばれたのも——気の遠くなるほど昔の話だ。

神社から逃げ、父と流浪の旅に出てからは、夏生の名を呼ぶ人は父だけになった。そして今はその父はなく、代わりに壱ノ護が夏生の名を呼ぶ。

川に浸かってしまった着物が乾くまでの間、夏生と太一は様々な話をした。太一の住む里のこと。弟の藤丸のこと。村での暮らしのこと。

川で捕らわれた時に夏生が妖と交わした約束を、太一は果たしたいと言った。約束を反故《ほご》にしたあとのしっぺ返しが恐ろしいようだ。

「戸板がいいんだろうか。運ぶのが大変だな。古い農具なんかじゃ駄目か？　それならすぐに集められると思うんだが」

「ああ。いいと思う。鉄なら朽ちることもないし、喜ぶかもしれない」

「そうか。よかった。……その時には夏生、お前も川に寄ってくれないか？」

川の堰になるのを見逃してもらった条件は是非とも果たしたく、だけど一人では恐ろしいと太一は言った。できれば夏生に側にいてほしいのだと頼んでくる。

「今日の明日というのは、実は俺も無理なんだ。明日から田畑の手伝いを頼まれていて」

しばらくは時間が取れないため、だから今日急いで山に山菜採りに入ったのだと太一が言い訳をしてきた。

「十日後、またあの川のほとりに来てくれよ」

「それは無理だ」

日が過ぎて、山の雪が解ければ人が山に入る機会が増え、夏生の危険が増す。太一は悪い人間ではないと思うが、やはり夏生たちはこの山から早く立ち去ったほうがいいと思う。

「どうしても無理か？」

情けない顔をして、太一が夏生の顔を覗いてくる。

「難しいことも恐ろしいこともないぞ。約束の物を川のあの溜まりに放り込むだけだ」

夏生が諭しても、太一は情けなく眦《まなじり》を下げたまま、しつこく頼んでくる。

「お願いだ、夏生。十日後が無理なら五日後はどうだろう。なんとか時間を作るから」

「しかし……」

「頼む」

太一に拝むような仕草で懇願され、とうとう五日後の約束をさせられてしまった。

人間にそんなことを頼まれ、面倒だと思うが悪い気分ではない。……だが、説得に手こずるだろう輩《やから》が一匹いるのだ。

このことは絶対に内緒にしておかなければならないと、夏生は内心嘆息した。


何食わぬ顔で洞窟に戻った夏生は、夕刻近くに獲物と共に戻ってきた壱ノ護に、案の定、責められた。

「さとに、ひとりでおりたのか?」

山犬の姿の壱ノ護が、クンクンと夏生の匂いを嗅《か》いでいる。

「下りていない。行くわけがないだろう」

嘘は言っていないがしらばくれている事柄は、鼻の利く犬には隠せずに、すぐに暴かれてしまった。

「……にんげんのにおいがする」

舐めるほどに近づき、鼻をヒクつかせた壱ノ護が歯を剝いた。

「ここに、にんげんがきたのか？」

「来ていない」

「どこであった？　このちかくで？　なつおはどこに、いっていた？」

しつこく詰問され、全部を黙っているわけにもいかず、川を下り、太一を助けた経緯を語ると、予想した通り、壱ノ護がすぐにもここを出ようと言ってきた。

「大丈夫だ。この場所は教えていない。それに、今日のことは人に言うなとちゃんと釘を刺した。もう会うこともない」

「そんなのはうそだ。だめだ」

「壱ノ護。平気だから」

「なんで、すぐにおれをよばなかった」

「呼ぶほどのことでもなかったからだ」

「なんで、よばなかったっ」

壱ノ護が叫び、ゴォン、と空気が鳴る。

「……壱ノ護。本当に平気だったから。ほら、ちゃんと私を見ろ。何処も怪我もしていないし、汚れてもいないだろう？　川に遊びに行って、嵌っていた人間を助けただけだ。礼を言って帰っていった。何もない」

いきり立って毛を逆立てている首筋を撫で、宥《なだ》めるのに徹した。自分が留守の間に夏生が事故に遭うことを許さない犬だ。普段は生意気でも、そこだけは絶対に譲らない。その忠誠心を褒め、何かあったら必ず呼ぶのだからと優しく諭してやった。

「心配させたな。でも、呼べばお前はすぐに飛んできてくれるだろう？」

「ああ。すぐにいく」

「だから安心していた。な、全然危なくなかったんだよ」

耳の脇の柔らかい毛を撫で、鼻息の荒いそこに自分の鼻を押しつける。普段は夏生から仕掛けることのない仕草に驚いたのか、壱ノ護が大人しくなった。

「ほんとうに、あぶないことはなかったのか？」

「ああ。本当だ。私だって自分から危険なことにそうそう首を突っ込んだりはしない。それに、妖もしばらくは寄りつかないだろう？　お前の妖力にまだ守られているから」

鼻先をくっつけたまま話す夏生の顔を、壱ノ護がペロンと長い舌で舐めてきた。

「だから急いでここを出ることもない」

太一との約束は口にしないまま、ここにもうしばらく留まろうと、壱ノ護を説得する。言えば絶対に承知せず、夏生を咥えてでも出ていってしまうだろう。

人間との約束など、義理立てして守る必要もないと思う。だけど太一は今までの人間と違った。夏生を怖がりもせず、助けた礼も言ってくれた。何より川に一緒に行ってくれと、向こうから頼んできたのだ。それは、夏生ともう一度会おうと、会いたいと言ってくれたのと同じで、そんな約束を人間と交わしたことが初めてで、だから守ってみたいと思ったのだ。

「だけど、きけんだ」

夏生に首を抱かれたまま、壱ノ護がまだ懸念を消さない。

「雪もまだ残っているし、ここはずっと山の奥だ。人間が入ってくることはないよ。私はここが気に入っている」

「なつおは、ここがすきか？」

「ああ。米もまだあるし、獲物は壱ノ護が獲ってくるだろう。川も近いし。ここに留まるなら、当分は里に下りない」

夏生のこの言葉に、壱ノ護は動かされたようだった。人の形を取り、里に下り、人間の前に出る行為は、壱ノ護にとって苦行に近い。下りたらどうせまた妖力をまき散らし、夏生に叱られ、嫌な思いをするのが必至だからだ。

「追われてもいないのに、場所を移動することもないだろう？　もうすぐ春が来るのに。洞窟も奥が深くて雨が吹き込むこともない。お前も快適だと思わないか？　私はできればここで春中を過ごしたい」

「ここは、さかながいっぱいとれる」

夏生の言葉に乗じて、壱ノ護がそんなことを言ってきた。その魚に飽きて、肉を獲ってこいと言ったのは夏生なのだが、素直な犬は、主人が嬉しいと自分も嬉しいらしかった。

「もっとあたたかくなると、きのめもとれるし、やくそうもいっぱいとれる。においがするからわかるぞ」

「そうか。それは嬉しいな」

夏生に撫でられながら、大きな尻尾がパタパタと揺れている。

「危険が迫ればお前に乗ってすぐに移動すればいい。お前は速いだろう？　何処へだって行ける」

耳の脇を撫でながらそう言ってやると、その通りだと、自信を得たように、オン、と一声壱ノ護が吠えた。


夕餉は壱ノ護の獲ってきた獲物で鍋を作った。その日は一日、人の姿にならないままの壱ノ護に、平皿で鍋の具を分けてやる。

犬になっても相変わらず熱さと戦っている壱ノ護の様子が可笑しく、夏生が声を立てて笑うと、はふはふいいながら、壱ノ護の尻尾が激しく揺れた。主人の上機嫌は、飼い犬にも移るらしい。

夕餉のあとは洞窟の奥で、いつものように壱ノ護の毛皮に包まれ、暖を取って夜を過ごす。

今日は月が出ていて、外から仄かな明かりが漏れてくる。ほんの僅かの光があれば、夏生も壱ノ護も夜目が利く。壱ノ護の白い身体が月明かりを吸ったようにほんのりと光っていた。

「ぼんぼりみたいだな」

「なつお……」

夏生の膝に自分の顎を乗せ、壱ノ護が珍しく撫でろとねだってきた。差し出してきた頭を撫でてやる。耳の脇の柔らかいふさ毛を両方の手で擦ってやると、気持ちよさそうに壱ノ護が目を細めた。

「お前はここを触られるのが好きだからな。気持ちいいか？」

「きもちいい……もういちど、なつお、もういちど」

夢見心地のような声を上げ、壱ノ護が何度も同じ場所を撫でろとねだってくる。長い舌で夏生の手の甲を舐め、それから頬を舐めてきた。夏生も壱ノ護の両耳を摑み、触り心地のいいそこを思う存分撫で回してやった。

普段ならあまりにしつこいと叱ってくる夏生が、今日は喉を転がして笑うのに、壱ノ護がどんどん増長してきた。顎から額までべろん、と舐め上げ、終《しま》いには身体を起こし、夏生の上に乗り上げてきた。自分の腹から滑り落ちた夏生の肩に前足を掛け、べろべろべろべろと、際限なく舐め回してもまだ、夏生は笑ったままだった。

「重いな、まるは」

幼い頃の呼び名で呼んでやると、尻尾をブンブンと振り回して、壱ノ護がウォン、と返事をした。

「自分の大きさを分かっていないな？」

潰されそうになりながら、それでも夏生の声に笑いが含まれていることに安心し、壱ノ護がまた頭を預けてくる。仰向けになった夏生の上に完全に被さり、鼻を鳴らしながら舌を動かすのを止めない。

甘くすればすぐに調子に乗り、際限なく甘え、可愛がられようとしてくる。身体は十倍以上大きくなっても、拾った時から変わらない。こういうところが無垢《むく》で可愛らしいと思う。

耳のフサフサから、頬にある硬い毛を撫ぜ、フワフワの胸毛にある、十字の文様をなぞるように撫でてやる。

「父上は『セイモン』だと言っていたな」

もっと撫でてもらおうと首を上げ、胸を反らせている壱ノ護の金色の徴に手を当てながら、父が呟いていた言葉を思い出した。

あの時には意味が分からなかったが、今なら理解できる。

「セイモン」とは「聖紋」のことだ。

「お前を山で見つけた日、稲光のような流れ星を見た」

遠くの山に向かって走った閃光は、山にぶつかるようにして大きく光り、消えた。その場所へ行ってみると、隕石《いんせき》の墜ちた形跡も、落雷の跡もなかった。そして瀕死の仔犬が一匹、横たわっていた。

「この金色の徴は、あの時の光なのだな」

あの夜、空を走った光は、壱ノ護の中に宿ったのだ。それがどんなものなのかまでは分からないが、何か巨大な力の根源であったことは確かなのだろう。

壱ノ護が初めて妖を喰い、取り込んだ時、父はきっとそれを悟ったのだ。

「まるは何も覚えていないんだったな。あの山で拾われる前のことを」

「なにも、わからない」

拾った時はもちろん口も利けず、言葉を操るようになっても、その辺の記憶はないらしく、また、複雑な説明もできない壱ノ護だ。

「それは仕方がないか。お前は生まれたてに近い仔犬だったしな。ボロ布のようだったんだぞ。こんなに小っちゃくて」

両手で掬うような仕草をし、あの頃の壱ノ護の大きさを教えてやる。

「でも、それなら最初にお前を見つけたのが、私と父上でよかったな。普通の人間だったら、きっとお前を持て余す」

壱ノ護が妖を喰い、取り込んだきっかけは夏生を庇《かば》ったことにあるが、父の言う、この「聖紋」になんらかの力が宿っていたとするならば、あの夜のことがなくても、いずれ壱ノ護は自然に妖を喰うことを覚え、覚醒したはずだ。

「人間に拾われ、飼われている途中にあのような変化が起こったら、大変なことになっただろうな」

人知を超えた力を持つ山犬など、人間が飼えるはずもない。

あの夏の夜の、事が終わったあとの壱ノ護の姿を思い出す。妖を喰った壱ノ護は父に呼ばれ駆け寄ってきた。大きくなった身体で行儀よく座り、褒めてもらうのを待っていた。

飼い犬の突然の変異に、普通の人間であれば、どんな反応をしたのかと思うと、見つけたのが夏生たちで本当によかったと思うのだ。驚かれ、恐れられ、……石などぶつけられでもしたら、どんなに傷付いただろうかと、想像するだけで胸が痛む。

「本当に私でよかったんだぞ。壱ノ護」

壱ノ護を拾い、助け、家族として一緒に過ごし、曲がりなりにも物の道理を教え、夏生の命令によって暴走する力を制御できていることは、夏生の密かな自負なのだった。神にも近い力を持つ妖犬の、自分が飼い主なのだという自信だ。

時々は言うことを聞かず、主人を主人とも思っていないような壱ノ護だが、この獰猛な山犬を飼えるのは、夏生しかいない。

そんな壱ノ護は、今は自分の身体の大きさを忘れたようにして、仔犬の時のように夏生の腹の上で甘えている。

壱ノ護を撫でてやりながら、まだ壱ノ護がただの犬で、夏生に纏わりついていた頃のことが思い出され、笑みが零れた。やんちゃで寂しがり屋で、悪戯三昧だった壱ノ護。

「そういえば昔もこうして遊んでやっている時、着物も全部ベチョベチョに濡らされて、終いには破かれた。覚えているか？」

ハッ、ハッ、と機嫌よく息を弾ませながら、尚も夏生の顔を舐めている壱ノ護に昔の話をする。

「こうやって舐めているうちに興奮してきて、私の着物を引っ張ったんだよ」

甘嚙みの癖は仔犬の頃からで、あの頃はもっと酷くて叱って遠ざけようとしても食らいついてきて、着物の袖や合わせに嚙みつかれ、ビリビリに破かれた。

「私の持ち物をなんでもかんでも嚙んで、私にも父上にも叱られただろう。そういえば、蝶《ちょう》を捕まえて、見せてやったら間髪《かんはつ》を容《い》れずに食べたんだった……」

蝶に鼻先を近づけたと思ったら、いきなりバクンと食べてしまい、吃驚《びっくり》して頭を叩いたのだ。慌てて口をこじ開けてもすでに飲み込んだあとで、夏生が叱ると、シュンと項垂《うなだ》れていた。

「お前、私の作った花冠も食べてしまったんだぞ」

花畑で壱ノ護に花冠を作ってやったことがある。花を摘み、丁寧に編んでいる夏生の周りを、壱ノ護は跳ね回っていた。

「出来上がって被せてあげようとしたら、お前それを咥えて滅茶苦茶に走って、破壊したんだよ。花も全部食べられた」

夏生の草履を解体したように、綺麗に編んでやったシロツメクサの花をちぎっては食べ、振り回しては噛んでいた。

「もうお前に作ってやるのはやーめたって、私の分だけを作って被ったら、今度はそれを狙って跳ねて、取られそうになったんだよ」

自分が破壊したものを夏生が頭に被せているのを見て、寄越せ、寄越せと飛び上がっていた。狙ってくる壱ノ護を笑いながらかわし、冠を自慢するように掲げながら追い掛けっこをした。

「あの頃はまるもまだ小っちゃくて、私のほうが勝っていたな」

夏生の語る昔話を、壱ノ護は大人しく聞いている。

夏生の腹の上を陣取り、耳や頬の、固さの違うフサフサを弄《いじ》られながら、子守唄《こもりうた》でも聞くようなウットリとした表情をしていた。時々ペロン、と長い舌で夏生を舐め、それからまた鼻先をくっつけて、無言で撫でろとねだってくる。

穏やかな夜だ。山の風はまだ冷たいが、腹の上にいる壱ノ護が温かい。

いつもにも増して壱ノ護が甘えてくるのは、夏生が際限なく許容しているからだ。夕方は夏生の一人歩きにあんなに激昂《げっこう》したくせにと、また笑いが漏れる。

言葉足らずで乱暴な壱ノ護だが、夏生の心情に対し、時々こうした鏡のような行動を取る。

そして今夜の夏生の機嫌のよさは、昼間の太一との出会いが原因だ。昔のことをやたらと思い出すのも、太一との会話に記憶を刺激されたためだろう。

夏生にとって、あの人間と過ごしたひと時が、とても楽しかったのだ、きっと。壱ノ護を単純な犬だと笑いながら、自分自身、他愛ないものだと思う。

夏生に撫でられながら上機嫌でいた壱ノ護が不意に頭を起こした。

さっきとは打って変わった険しい表情をして、ウゥウウ……と唸り出す。

「どうした？」

洞窟の入り口に向かい、何かを威嚇しているから、穴の向こうの暗闇に夏生も目を凝《こ》らした。カサカサと蠢く音がする。月の光に反射して、小さな目が複数輝いた。

数匹のテンが洞窟の中を覗いていた。昼間川向こうで出会ったあれらだろうか。

「声に誘われて、覗きに来たらしいな」

おいで、と手招きをすると、先頭の一匹が鼻を蠢かしながらそろそろと入ってきた。後ろに小さいのが続いてくる。

「いまは、はらがへってない」

夏生の腹に乗ったまま、壱ノ護が威嚇の声を上げて小動物たちを追い出そうとした。

「食べる気がないなら、逆に寄せてもいいだろう」

「いらない。むこうへ、いけ」

歯を剝き、唸る。壱ノ護の怒声にテンたちが素早く飛び去った。駄目押しとばかりにガウッと強く吠える。カサカサとした足音がなくなり、外が静かになった。一瞬ですべて逃げてしまったらしい。

「なんだ。少しぐらい遊んでやってもよかったのに」

昼間、あれと遊びたくて川を渡ろうとしたのにと残念に思ったが、壱ノ護は「あそばない」と、頑《かたく》なに小動物の侵入を拒んだ。

「あいつらは、しょくりょうだから。たべないときは、そばにこなくていい」

「そんなことをしているから、誰も寄ってこなくなるんだぞ」

「いらない」

頑固な性質は決して譲らず、逃げたテンがまだその辺に潜んでいないかと、フンフンと鼻を蠢かし、完全に追い出したことを確認した壱ノ護が、また夏生の胸の上に頭を乗せた。

「我儘だな」

「どうしてだ。たべるいがいに、そばによせることはないだろう?」

単純な言葉は、壱ノ護の思考そのままなのだろう。動物は食料、それ以外の用途はない。今は腹が減っていないから、狩る必要もない。だからいなくていい。獣の思考は曇りなく明快だ。

再び静かな夜が訪れる。相変わらず壱ノ護は夏生の腹の上にいて、撫でろと強要する。眠気が来るまで付き合うことにし、ここだ、あっちだと言われるままに耳や首、額に鼻先と、手を動かしていると、最後には地面にゴロンと仰向けになり、腹を出してきた。

「なつお、こんどはここをなでろ」

熊のような大きなナリで、前足を折った状態でだらしなく後ろ足を広げている。

「お前……」

「なつお、はやく……、なでろ」

父が聖紋と言っていた、胸にある金の文様もこの有様ではありがたみの欠片《かけら》もない。仰向けになったままグネグネと身体を揺らし、早く撫でろとねだってくる。背中に敷かれた尻尾がファサファサと忙しく動き、催促している。

「仕方のないやつだな」

苦笑しながらお望み通りに大きな白い腹を撫でてやる。仰向けのままウットリと、壱ノ護が目を瞑《つぶ》った。

「もういちど。なつお、もういちど」

「ここか？　よし、よし」

夏生に何度もせがんでくる壱ノ護の口は、大きく割れながらも笑っているように見えた。人間の形の壱ノ護は美しいが、やはり犬の姿の時のほうが、表情が豊かだ。あの無骨な大男の姿のまま、今のような声を出し、笑ったらどんなだろうと想像してみるが、上手く思い描けなかった。

ねだられるまま撫でているうちに、夏生は壱ノ護の腹の上に完全に乗っていた。壱ノ護は目を閉じたまま、嬉しそうにじっとしている。大きな身体は夏生一人が乗り上げても、苦しくもないらしい。

掌《てのひら》で金の十字をなぞりながら、夏生はそこに頭をつけてみた。トクトクと心蔵が規則正しい動きを繰り返している。心地好い音だと思った。掌に伝わる温かさも同じく、気持ちがいい。

壱ノ護の上に乗り上げたまま腕を伸ばした。冷たい鼻をさらりと撫でると、ペロ、と掌を舐められた。更に腕を伸ばし、三角のフワフワの耳を触る。

壱ノ護はここを触られるのが好きだ。

柔らかい産毛《うぶげ》の手触りを、夏生も大好きだと思う。

夏生を上に乗せて、大人しくしていた壱ノ護の前足が交差され、夏生をギュッと抱き締めてきた。子どもが人形を抱くような形に、ふふ、と声を漏らして笑った。大きな山犬が、小さな夏生を抱いている。甘えさせているつもりが、まるで自分が甘やかされているようだ。

穏やかで、優しい夜が過ぎていく。柔らかな毛皮の下では、心臓の音がずっと響いていた。

春はますます深くなり、山の雪が完全に解けた。

雪に覆われ、シンとした静かな山は落ち着くが、芽吹きの訪れの騒がしさの中にいるのも

楽しい。パチパチと音を立てて新芽が顔を出し、土の中で眠っていた虫や蛙《かえる》が動き出す。風が下界から濃い緑の匂《にお》いを運んでくる。それが通り過ぎると、まるで色を塗ったように春の緑が濃さを増していた。もうすぐ花盛りの季節がやってくる。

いつかと同じ、頭上に鳥を引き連れながら、夏生《なつお》は川べりを一人で下っていた。今日は太《た》一《いち》との約束の日だ。

壱《いち》ノ護《まる》は洞窟に残してきた。川べりにやってくる鳥と遊びたいからと言って、強引に出掛けてきたのだ。

壱ノ護は当然「おれもいく」と頑張ったが、洞窟に覗《のぞ》きに来ただけのテンをも威嚇《いかく》して追い返した壱ノ護だ。絶対邪魔をするだろうから来るな、いやだ、といつもの口論になったが、今日は絶対に引かなかった。

「おとなしくしている。じゃましないぞ」

「そんな約束をしても、守った試しがないだろう。第一、お前の姿があるだけで、鳥が来てくれないんだよ。今日だけだ。いいか。黙ってつけてきても分かるんだからな」

叱《しか》り、宥《なだ》めすかし、ようやく納得させて出掛けてきた。何かあったら必ず呼ぶからと約束もした。

帰ってくれば、人間の匂いを嗅《か》ぎつけて、結局責められることになるだろうが、その時はその時だと思っている。それに同じ人間と接触し、二度とも何事もなく過ごせれば、納得させるためのいい材料にもなると思ったのだ。

ここ最近の夏生の穏やかな様子に、壱ノ護の態度も軟化しつつある。先日過ごした夜も楽しかった。

今日太一と会ったことで壱ノ護が激昂《げっこう》したら、素直に謝り、宥め、それから存分に甘えさせてやろう。あれが望むように何処《どこ》でも撫《な》でてやりながら、またあの大きな温かい腹の上で寛《くつろ》ぐ自分の姿を想像し、夏生は知らず微笑《ほほえ》んでいた。

川べりの道は以前よりも歩きやすく、今日は泥跳ねもない。ゴロ石や木の根を避けつつ、軽やかな足取りで歩いていった。

やがて広い浅瀬に辿《たど》り着いた。太一が妖《あやかし》に捕らえられていた吹き溜《だ》まりの大岩の上に立ち、辺りを見渡す。太一はまだ来ていなかった。朝早くに出ても、人間の足だと着くのは昼過ぎぐらいになるのかもしれない。

岩の上に腰を下ろし、気長に待つことにする。日はまだ高く、時間はある。太一が来なくても、それはそれで仕方がないと思うことにした。人間に裏切られることなど慣れている。

岩の下の吹き溜まりは、前に見た時よりも小枝や石が増えていた。川に住む沼の妖は、あれからもせっせと住処《すみか》を作り続けているらしい。

「雪解け水が増えて、流れてくる小物が増えたか？」

夏生の呼び掛けに、淀《よど》みがポコリと盛り上がり、妖が顔を出した。

退屈しのぎに妖の家造りを手伝ってやろうかと、岩から下りた。流木を拾い、吹き溜まりに投げてやる。ついでに花も摘《つ》んできて浮かべてやると、部屋を飾られた妖が、嬉《うれ》しそうにゆらゆらと揺れた。

それを見ていた鳥たちが真似《まね》をして、花や木の芽を採ってきてはポトポトと落とす。瞬く間に妖の住処が賑《にぎ》やかになった。浮いたり沈んだりしながら、淀みに小さな波を寄せて、妖が贈り物を自分の好きな場所に移動させている。

妖の仕事を飽きずに眺めていると、川向こうから「おーい」という声がした。顔を上げると、背負子《しょいこ》を負った太一が手を振っているのが見えた。

ほんの少し水嵩《みずかさ》の増した川を、太一が用心しながら渡ってくる。川面《かわも》に浮かんでいた妖が潜り、夏生の肩に留まっていた鳥たちが一斉に飛び立つ。

ヨロヨロと夏生の立つ大岩に辿り着き、太一が背負子を下ろした。そこにはたくさんの木切れや壊れた農具が括《くく》りつけてあった。

「知り合いに声掛けてもらってきた。『何に使うんだ?』って聞かれて困ったよ」

出会った当初と同じ、人懐こい笑みを浮かべ、太一が言った。

「こんなもんで満足してくれるだろうか」

「ああ。上等だ。喜ぶよ」

夏生の太鼓判に太一は安心したように笑った。

夏生の指導で岩の下の淀みにそれらを沈めていく。堰《せき》になる大物の木切れをもらった妖は姿を現さず、代わりに水面が大きく盛り上がった。

「ほら、礼を言っている」

「そうか。そりゃよかった。重たい思いをして運んできた甲斐《かい》があった」

持ってきた道具をすべて川に沈めた太一が大きく伸びをした。こちら側の川岸に移動し、休憩を取ることにする。

「いるかどうかと思ってやってきたんだが、大岩に夏生の姿が見えてホッとした。いなかったら川の向こう岸に道具を置いて、逃げ帰ろうかと思っていたんだ」

恥ずかしそうに太一が言って、本当に夏生がいてくれてよかったと、また笑った。

「何も怖いことはなかっただろう?」

「ああ、そうなんだが。でもやっぱりおっかねえからな」

妖に捕まり、溺《おぼ》れ死《じ》にさせられそうになった身としては、そう簡単に恐怖を拭い去ることはできないのだろう。

「弟がついてくるって騒いで。置いてくるのに大変だった」

「弟に話したのか」

「ああ。……悪かったかな。だが、ここにまたやってくるのに、どうしても説明がいったもんで」

申し訳なさそうに夏生の顔色を窺《うかが》われ、苦笑して許した。太一の人柄を見れば、その弟も似ているのだろう。そんな大事にもならないだろうと思った。それぐらいには、夏生はこの人間のことを信用していた。なにしろ夏生が人ではないと分かっていて、こうして会いに来ているのだ。

「山で命を救ってくれた人に礼をしに行くんだと言ったら、俺も礼を言いたいと言って、聞かなくてな」

「そんな大層なものでもない」

「いや。確かに命の恩人だ。山菜採りに行って、なんの収穫もなしに帰っただろう？　化け物に襲われたところを助けてもらったんだって言ったら、青くなってな。泣かれて困った」

たった一人の身内の災難を聞き、兄が帰ってこなかったらと考えたら、その弟も怖かったのだろうと、幼い弟の心情を夏生も想像した。

「しかし、こんな奥まで連れてこられないし。熱も下がったばかりだしな」

冬終わりの風邪《かぜ》をこじらせ、やっと治ってきたところなのだという。

「咳《せき》がしつこくてな。毎度のことなんだが」

「咳止めの薬草なら、すぐに手に入るぞ」

え、と太一が夏生のほうに顔を向けた。

「ここのもっと奥だが、薬草の生える場所がある。クコも土筆《つくし》もあった。山菜と一緒に土産《みやげ》にしたらいい。弟に食べさせてやれ」

成長も遅く、身体《からだ》も弱いという太一の弟に、自分に近いものを感じてしまい、夏生はそんなことを言った。

「腹痛や、滋養の薬も採れるぞ。調合して生薬にしてやろうか」

薬草を薬として飲むには、根を乾燥させたり粉砕したりという加工が必要なものがほとんどだ。薬師《くすし》だった父がやっていたことは覚えているし、教えられた草花の名も忘れていない。

「それは……有難《ありがた》いな」

生薬を作ってやる約束をして、それからクコの新芽が採れる場所に太一を案内することにした。

川べりを二人で歩いていく。太一が来るまで肩に留まっていた鳥たちは、今は上空を飛び、やはり付かず離れずについてきていた。

来る時と同じ、ゴロゴロ転がる石の上をトントンと軽く飛び、前に進んでいった。先に行っては太一が追いつくのを待ち、太一のために足場のよさそうな道を選び、また前を行く。

弟と二人、貧しい生活をしている太一は、薬が手に入ることをとても喜んだ。

「薬は高いからな。それに、あんな小さな村じゃあ金があってもなかなか手に入れることもできない」

「そうだろうな」

野草をただ料理に使うのとは違い、生薬作りは知識と技術がいる。効能の高い薬は高価で、太一たちのような農民の手に渡ることなどなかった。

「夏生はいろいろな薬が作れるのか？」

「ああ。大概のことは父に教わった。薬草だけではなく、動物の胆《きも》や角からも作れるぞ」

「それは凄《すご》いな」

夏生の説明に、しばらく何かを考えていた様子の太一が、それを売る気はないかと言い出した。

「夏生が調合した薬を、俺が運んで麓で売るのはどうだ？　売った代金を俺はまたここに持ってくる。それで、また新しい薬をお前が俺に託せばいい」

「薬を売るのか」

よろよろと夏生のあとについてくる太一を待ちながら、夏生もそれは案外いい案なのではないかと考えた。

「……面白そうだな」

「だろう？　藤丸《ふじまる》がもっと大きくなったら、俺一人で行商もできる。全国を回れるぞ。そのうち藤丸も手伝えるようになるだろうし」

「行商か……」

父のやっていたことを自分がするのか。薬草を採り、動物を狩り、生薬を作ってそれを売る。しかも夏生にとって一番難しい商売の部分は、太一が引き受けてくれるという。

「夏生が薬を作って、俺がそれを売りに歩く。悪くない話じゃないか」

薬を作るのは難儀なことではなく、むしろいい時間潰しになる。何より自分の手で金が作り出せるということに、心が動いた。

里に下りて物を手に入れるには金がいる。今まではその手段を壱ノ護の狩ってきた獲物で賄ってきたが、太一の提案が実現すれば、壱ノ護だけに頼らずに済むのだ。

それに、人間との接点ができる。深く関わることはごめんだが、完全に断絶するというのも不便で、……寂しい。

父との旅の間、各地を点々としながらも、人との接点は僅《わず》かながらも持っていた。夏生が半妖だと気付かれなければ、人間は優しかった。

今は壱ノ護があの調子で、里へ下りることも滅多になく、下りたら下りたで嫌な目に遭う。諦めていた人間との関わりを、再び得られる。それも薬を作るという、夏生自身の技術で実現できるということに、不思議な興奮を覚えた。やってみたいと思う。

「……考えてみようか」

「ああ。俺もちょくちょく夏生に会いに来る。そのうち麓に下りてきたら、家にも来てくれよ。藤丸に会わせたい」

気軽な太一の誘いに、思わず頬《ほお》が緩んだ。自分を家に招きたいなどという誘いは、もらったことがない。

「そうだな。いつか、行ってみようか。私も藤丸に会いたい」

「ああ。いつでも歓迎する。……驚くぐらいのボロ屋だがな」

秘密を打ち明けるようなおどけた仕草に、思わず笑ってしまった。夏生の笑顔に太一は一瞬驚いたように目を見張り、それから夏生に負けない大きな笑顔を作った。

「あのな、夏生……」

太一が何か言い掛けた時、突然目の前に大きな黒い影が飛び込んできた。

「ひ」と太一が声を出し、笑顔が凍りつく。逃げようとして後退《あとずさ》り、木の根に足を取られ尻《しり》もちをついた。

夏生の目の前に壱ノ護が立ちはだかる。

恐ろしい唸《うな》り声を上げ、白い毛を逆立てて身体を膨らませている。前足で土を掻《か》き、壱ノ護が太一を見下ろした。

「止めろ。壱ノ護。それは敵ではない」

姿勢を低くし、今にも襲い掛かろうとする壱ノ護に強い声を出した。太一はひゅうひゅうと息を漏らし、声も出せずに怯《おび》えている。

「壱ノ護。私は何もされていない。襲うな。待て」

厳しい声で命令をするが、壱ノ護が止まらない。夏生の制止も聞かず、牙を剝《む》き、ガアア

ッと大きく叫んだ。

「ひぃいいいっ」

「止めろっ！」

引っ張っても叩《たた》いても壱ノ護は威嚇を止めず、ジリジリと太一に近づいていく。腰を抜かしている太一の前に回り、夏生が庇《かば》うと、壱ノ護は山が震えるほどの声で激しく吠《ほ》え立てた。

「壱ノ護。落ち着け。止めろ！　壱ノ護……っ」

壱ノ護の咆哮《ほうこう》に、夏生の声が掻《か》き消された。少しでも隙《すき》ができればすぐにでも飛び掛かろうと、吠えながら右へ左へと動き回る。

「どうした。壱ノ護。止めろと言っている」

腰を抜かしていた太一が、夏生の腰に摑《つか》まり、よじ登るようにしてようやく立ち上がった。それが気に入らないのか、壱ノ護がまた大きく吠えた。山にこだまする壱ノ護の咆哮は、爆発音のようだ。

「壱ノ護……っ！　止《よ》せ！　壱ノ護っ！」

夏生が何を言っても壱ノ護は吠えるのを止めず、太一を狙い、襲おうとする。

「すまない、太一。頭に血が上っているようだ」

目の前で吠え立てている壱ノ護の首に腕を回し、押さえているから今のうちに行けと太一を促した。夏生に首を抱かれながら、壱ノ護は尚《なお》も吠えるのを止めない。

「行ってくれ。大丈夫。襲わせない」

背中を向けるのが怖いのだろう。引き攣《つ》った顔をしながら、太一がゆっくりと後退っていくのを見送った。その間も、壱ノ護はずっと吠え続ける。

「もういいだろう。壱ノ護。止めろ」

どんなに夏生が叱っても、太一の姿が見えなくなるまで、壱ノ護は吠えるのを止めなかった。

「壱ノ護。どうしたんだ。もういなくなった」

さっきまで騒がしく頭上で鳴いていた鳥たちも一斉に逃げたらしく、辺りにはなんの気配もない。風すらも止み、壱ノ護の憤りに身を竦《すく》めるように山全体がシンとしている。

「お前、あれほど駄目だと言ったのに、つけてきたのか」

叱ろうとしたら、大きく身体を振られ、首を抱いていた手を振りほどかれた。壱ノ護が一歩遠ざかる。こんな拒絶のされ方は初めてで、夏生は驚いて目を見開いた。

「壱ノ護。どうした……?」

夏生を睨《にら》む瞳が金色になっていた。吐く息は荒く、喉《のど》も鳴りっぱなしだ。

「なつおは、おれをだました」

唸るような声で壱ノ護が夏生を責める。

「騙《だま》していない」

「だました!」

ゴォン……、と声がこだまする。

「ただ、とりのこえをききにいくだけだといった。にんげんにあうと、いわなかった。なつおは、おれにうそをついて、おれをだまして、おれをおいて、でかけていった」

「言わなかったのは悪かった。だけど言ったらお前は邪魔をしただろう？」

「そうだ」

当然だというように壱ノ護が胸を張る。……ほら、だから言わなかったのだと思うが、壱ノ護は承知しない。

「騙して出し抜いたわけではない。言ったら壱ノ護は邪魔をするし、現に何もされてもいないのに、ああやって人間を追い返しただろう。私が止めろと言ったのも聞かずに」

「にんげんなんか……っ、いらない」

また、山が鳴る。

「あれは悪い人間ではないよ。悪意もないし、危害も加えない」

「にんげんなんか、しんようできない。なんでにんげんと、あった」

夏生の反論に壱ノ護は聞く耳を持たない。どうして会った。何故《なぜ》騙したと、夏生を責めるばかりだ。

「ここは、にんげんにしられた。なつお、でよう」

そして案の定、今すぐここから離れようと言い出した。旅の準備もせず、洞窟にも戻らずこのまま行こうと夏生の袖《そで》を引っ張ってくる。

「待て。そんなに急ぐことはないって」

洞窟はまだずっと奥だし、場所を教えてもいない。逃げてしまった太一が、すぐに村の人たちを連れて戻ってくるとも思えなかった。それに、太一はそんなことをする人間ではない。

「大丈夫だよ、壱ノ護。太一は私たちを追い詰めたりはしない」

「だめだ、にんげんはしんようしない」

「本当だ。あんなに怯えさせて。……せっかく里との繋《つな》がりが持てるところだったのに」

「そんなのはいい。ここをでよう、はやく！」

夏生の説得も聞かず、噛《か》んだ袖をグイグイ引っ張って強引に夏生を連れ出そうと、壱ノ護が躍起になった。

「壱ノ護。少しは私の話をちゃんと聞け」

袖を引っ張り返し、引き剝《は》がそうとするが、壱ノ護も意地になって離れない。

「離せ」

「いこう。なつお」

「離せと言っているんだ！」

何を言っても言うことを聞かない壱ノ護に、夏生のほうも情強《じょうごわ》になる。

「……どうしておまえはそうなんだ。すぐに出る必要などないと言っているだろう。お前が追い返したせいで、もう太一は二度とここに来なくなった！」

咥《くわ》えて離さない壱ノ護の顎《あご》を叩いた。

「薬を作って、売ってくれると言っていたんだ。商売ができると思ったのに、……お前のせいで台無しになった」

金を稼ぐ算段がせっかくついたのに。自分の手で、人間との繋がりを持てる機会だったのにと、袖にしつこく食いついている壱ノ護の額を押しのけた。

「そんなのはいらない。かねなんかいらない」

「私はいるんだよ」

「いままで、おれがにくをとってきた」

「だからそれだけでは嫌なんだよ。私にもできることがあったのに」

「いらない。いまのままでいい」

夏生の焦りも憤りも、壱ノ護には全然通じなかった。場所を転々と移し、逃げ回るような山での生活も、金を得る手段も、何も変えなくていいと言い張るのだ。

「どうしてお前は私の言うことを聞いてくれない。さっきの人間が何かしたか？　ただ案内して、薬草を分けようとしただけだろう」

「にんげんはしんようしない。きらいだ。なつおもそういっていた。あやかしは、なつおをくう。にんげんは、なつおをころそうとする。なつおがいった」

人間と関わっていいことなんかあったためしがないと、人間に対する恨みつらみを、母と夏生が受けた仕打ちを、壱ノ護はずっと聞かされていた。

そしてそんな夏生の憎悪を鏡のように映し、壱ノ護は人間を憎んでいたのだ。

「にんげんによくされたことなんか、ない。なつおはにんげんがきらいだ」

夏生の嫌いな人間を追い返して、夏生がどうして怒るのかが分からないと、壱ノ護も引かない。

「さとで、なつおがわらったことなんかない。あいつらはみんなおなじだ。いしをなげて、なつおをこうげきする」

「違う人間だっているかもしれないだろう？　父上だって言っていた。自分のような人間がきっといると。太一がそうだったかもしれないじゃないか」

母をあんな形で失い、人間を憎み、信じられなくなった夏生に、父は静かに悲しんでいた。人は弱く、理解できないものに恐れを抱く。だけど父のように愛するようになる人間だっているはずなのだ。

絶望するな。いつか出会えると、そう言った。

「半妖の私を受け入れてくれる人が、いるかもしれないだろう？」

夏生の声に、壱ノ護が苛立《いらだ》ったように喉を鳴らした。聞く耳を持たない山犬に夏生の苛立ちも増す。

「……お前はどうして、いつもそうなんだ。どうして言うことを聞かない。何故私の言葉を頭から否定するのだ。……初めてだったのに。自分の力で何かができると、希望を持てたのに」

夏生が人間に歩み寄ろうとすると邪魔をする。動物だって一緒だ。何もかもを夏生から遠ざけようとする。夏生がいいと言っているのに、どうして壱ノ護が駄目だと言うのだ。

「私のすることを、……っ、なんでもかんでも邪魔をするな！」

「ここをでよう、なつお」

「だから何故っ！　大丈夫だって言っているだろう。離せ、離せ！」

大声を上げ、嚙まれたままの袖を滅茶苦茶に振り回した。駄々っ子のような夏生の所業にも、壱ノ護は怯《ひる》まない。

「離せったら！　主人の言うことを聞けないのか……っ」

「なつおは、しゅじんじゃ、ないっ！」

シンとした山に壱ノ護の声が響いた。

こだまする壱ノ護の叫びがストン、と胸に落ち、怒りでざわついていた夏生の中も、その瞬間静かになった。

……ああ、そうか。私はお前の主人ではなかったのか。

引き離そうと激しく振っていた腕がダラリと力をなくす。静止した夏生を、壱ノ護が見上げてきた。

「壱ノ護。お願いだ。離してくれないか」

低く、穏やかな声に壱ノ護の口が袖から離れた。ようやく身体が自由になり、何も言わずに歩き出す。

「なつお、いくか?」

夏生を見上げたまま、壱ノ護がぴったりとついてきた。

「やまからでるか?」

「山からは出ない。出たいのなら、お前一人で行け」

「なつおといっしょにいく」

「私は行かない。……壱ノ護。お前一人で行ってくれ。もういい」

スタスタと歩いていく夏生に、壱ノ護がしつこくついてくる。何故ついてくるのだろうと思いながら、黙々と前だけを向いた。

「なつお、どうくつにもどるのか? にんげんがくるぞ。はやくでよう。たびのどうぐは、またおれがとってくればいいだろ?」

問い掛けに答えず、足元にいる犬などいないようにして歩く。鳥は戻ってこず、声も聞こえない。辺りはシンとしたまま、サクサクと土を踏む音だけが聞こえた。

「なつお」

犬がまだついてくる。主人でもない者のあとを、この犬はどうしてついてくるのだろう。

どうしてこの犬は、夏生の名を呼び、山を出ようなどと言い、一緒に行こうなどと言っているのか。

「なつお、なつお」

ああそうか。父との約束があるからか。夏生を守れと父に言われたからか。本物の、壱ノ護にとって唯一の主人の命令を、この犬は律儀に守っているだけなのか。

「壱ノ護。悪かった。お前、もういいよ。好きなところに行ってくれ。私のことはもう構わないでいいから」
ハ、ハ、と息を吐いたまま、壱ノ護が首を傾《かし》げた。
「父上はもういない。だから、父上との約束は反故《ほご》にする。忘れてくれ」

「なつお、わからない」

「だから、もう私と一緒にいなくてもいいということだ。お前は一人で山を下りろ。私も私の好きなようにするから」

尻を軽く叩いて「行け」と促した。

「だめだ。なつおもいっしょだ」

まだそんなことを言っている壱ノ護の尻を強く押す。大きな身体はビクとも動かず、壱ノ護は行こうとしない。本当に……何一つ、夏生の言うことを聞いてくれない。

「なつお」

諦めて歩き出すと、袖をまた引っ張られた。

「触るなっ」

渾身《こんしん》の力で振りほどいた。抑えていた怒りが爆発する。

「私に構うな。もう行け！　いなくなれ。行ってくれ。……行けったらっ」

自分の声かと思うような金切り声が出た。金色の目が戸惑うように見上げてくる。それを見下ろしながら、言いようのない気持ちに襲われた。

能天気な犬。なんでも力でねじ伏せようとする単細胞な馬鹿犬。人の気持ちも分からず、夏生が今どんな気持ちでいるのかも考えようとしない。

夏生など主人でもなんでもないと言ったその口で、どうして一緒に行こうなどと言えるのか。

鳩尾《みぞおち》からドロドロしたものがせり上がってきて吐きそうだ。

「なつお……」

「私はお前の主人ではないんだろう？　好きにすればいいじゃないか。だけど私もお前の言うことは聞かない。私はお前と山を下りたりしない。行きたいなら一人で行け」

「だめだ。おれがいないと、あやかしにくわれるぞ」

夏生の怒気も通じない壱ノ護は、そう言って金色の瞳を真《ま》っ直《す》ぐに向けてきた。

「なつおはよわい」

「知っている！　言うなっ」

人とも交われず、妖としても脆弱《ぜいじゃく》で、この山犬に守ってもらわなければすぐにも消えてしまう。

「だからどうした？　お前は仕方なく私についているんだろう？　嫌なんだろう？　嫌ならさっさと私を捨てて好きにすればいいじゃないか」

強い者が弱い者を餌《えさ》にし、生き延びていくのは当然だ。一人で生きていくこともできず、死ぬこともない身体で、喰《く》われないためだけにこの強大な力を持つ犬と一緒にいて、どんな意味があるというのか。

「仕方がないだろう？　私は弱い。それでお前に守られて、喰われるのを回避して、それになんの意味がある？　ここから出て他所《よそ》に行ったところで、どうせその場所からもすぐに逃げ出す羽目になる。私は人間でもないし妖でもないから、何処に行っても居場所がない」

川にいたあの妖ですら、自分の住処を持っていた。それなのに夏生には、そんな場所もないのだ。

「わざわざ守ってもらってまで、私は生き延びたいとは思わない。もういいと言っているんだ。お前を解放してやると言っているんだ！　喜んで何処かへ行けばいいだろう！」

壱ノ護だってそうだ。夏生さえいなければ、何処にだって自由に行けるし、大嫌いな里にも行かなくて済む。夏生がいるばかりに、この犬はずっと不自由な旅を強いられているのだから。

「私はもういい。何処にも行かないしお前とも一緒にいない。父上との約束は反故だ。行ってくれ。喰われたっていい。消えてしまって構わない」

「だめだ、なつおはおれといる。あやかしなんかに、くわせない」

「どうして？　私が生きていたって、なんの意味もないじゃないか……っ」

父もいない。母は退治された。人とは関われない。関わる術《すべ》もない。妖は自分を餌としか見ない。それから逃げ回り、守られ、生き延びたとして、それになんの意味があるのか。

拾って育てた犬は、夏生を守ると言いながら、夏生を蹂躙《じゅうりん》する。自由も許さず、お前は弱いから、父から託されたから、仕方なく守っているのだと、そう言っているのだ。

「……もういやだ」

消えてなくなりたい。

誰の足手纏《あしてまと》いにもならず、誰からも疎まれず、去っていく後ろ姿をただ見送るだけの生活を、終わりにしたい。


洞窟の奥に横たわり、天井を見つめていた。何日も動かず、ずっとそこにいたままだ。

「なつお……」

山犬の冷たい鼻が首筋に当たる。なんの反応も示さずに、夏生はじっと天井を見上げていかる。

た。次には頬を舐《な》められ、避けるように身体を横向けにする。生温かい感触が、す、と遠ざかる。

吹き込んでくる風は柔らかく、洞窟の外はすっかり春の気配だった。あと少ししたら、長雨の季節がやってくる。

壱ノ護と口論をして以来、洞窟の奥で横になったまま、夏生は一度も外に出ていない。食べ物も口にせず、水も飲まなかった。弱った身体は薄くなり、だけど消えてしまいたいという願望は果たせないままでいた。

中途半端な半妖の血が、死ぬことも許さない。

いなくなってくれと頼んだのに、壱ノ護はいなくならない。夏生の言うことは何一つ聞かず、それなのに離れてもいかない犬の存在が鬱陶《うっとう》しい。壱ノ護がいなければ、すぐにでも妖が夏生を見つけ、そいつに喰われて、消えてしまえるというのに。

天井のつらら石は、色も形も変えず、滴のまま固まっている。あんな風に何も考えずに石になってしまえたら、どんなにかいいだろう。

横になったまま、たらたらと涙が零れた。

「なつお、……けがしているのか？」

夏生の涙を見た壱ノ護が、顔を近づけてきた。

「どこだ？　どこが、いたい？」

匂いを嗅ぎ、鼻先を押しつけ、怪我《けが》の場所を探している。怪我などしていなくても、泣くほど痛むことがあるのだということが、壱ノ護には分からないのだろう。

——夏生は、主人じゃ、ない。

壱ノ護の放った言葉が毒針のように刺さっている。思い出す度に胸がズキリと痛み、染み渡った毒が更に広がり、動く気力を奪っていく。

それなのに、その毒を放った本人が夏生を心配している。

「なつお……」

鈍感で愚かな犬だと思うと、ますます涙が溢《あふ》れた。放っておいてほしいのに、人の気持ちの分からない犬は、オロオロと夏生の痛がる場所を探し続ける。

濡れた頬を舐め、次には目尻を舐めてくる。抵抗する気も起きず、舐められるままにしていると、かふ、と首を嚙まれた。大きな身体が被《かぶ》さってくる。

何をしようとしているのかを悟り、咄嗟《とっさ》に身体を起こした。

「止めろっ！」

ありったけの声を振り絞って叫ぶ。力の入らない身体を無理に動かし、渾身の力で壱ノ護の鼻を殴《なぐ》った。キャイン、と情けない声を発し、壱ノ護が後ろに飛んだ。

弱っていく夏生に、壱ノ護は妖力を分けようとしたのだ。精を注ぎ込めば元気になると、単純に思ったらしい。

「私に構うな」

じりじりと身体をずらし、壁に背中をつけた。近づいてきたらまた殴ってやろうと、拳《こぶし》を握って身構える。怒らせて噛み殺されたほうがよほどましだ。壱ノ護の自由になどされたくない。元気にもなりたくない。

夏生の本気の拒絶を感じたのか、壱ノ護はそれ以上近づいてこず、その場で伏せの態勢を取った。大きな身体を限界まで低くし、頭と腹をペッタリと地面につけている。

そんな従順な態度を取っても騙されない。

「あっちへ行ってくれ」

膝《ひざ》を抱えて丸くなる。背中は壁につけたまま、警戒の姿勢は崩さない。もっとも、壱ノ護がその気になったら、夏生がどんな抵抗を見せようとも、好きにされてしまうだろう。

舌を噛み切っても死ねないものだろうか。一瞬死んでも、壱ノ護にあれをされて、生き返ってしまうだろうか。そして地獄が繰り返されるのだろうか。

どうして、死ぬこともできないのだろう。

どうして、……半妖なのだろう。

何をやっても思うようにいかなくて、また涙が溢れた。

懐かしい匂いが鼻を掠《かす》め、ふっと目を覚ました。クタクタに炊いた米に、僅かな味噌が混じっている。柔らかい肉の匂いは兎《うさぎ》だ。洞窟の奥まで漂ってくる湯気をぼんやりと辿りながら、灰汁《あく》はちゃんと取っただろうかなどと、考える。

大量に湧き出る灰汁をこまめに取らないと、酷《ひど》い味になる。あれにそんな作業ができただろうかと思いながら、ゆっくりと身体を起こした。

朦朧《もうろう》とした頭が少しずつ働いてくる。灰汁の心配どころか、こんな匂いが漂ってくること自体がおかしいのだと、改めて気が付いた。

夏生以外に料理をする者などいない。人間がやってきたのだろうか。壱ノ護はどうしたのだろう。

立ち上がったら、軽い眩暈《めまい》を起こした。ずっと暗い洞窟の奥にいたから、入り口から僅かに射し込んでくる光すら眩《まぶ》しい。目に飛び込んでくる光を腕で遮りながら、そろそろと匂いのあるほうへと向かった。

パチパチと跳ねているのは、木が燃えている音だ。誰かが外で火を焚《た》いている。外の明るさに目が慣れてくると、その姿がはっきりと見えるようになった。人間の姿をした壱ノ護が、火の前に座っていた。

石を並べただけの即席の竈《かまど》に、鍋が二つ置いてある。そのうちの一つを壱ノ護が掻き回していた。おっかなびっくりの様子で木の柄杓《ひしゃく》を鍋に突《つ》っ込んでいる。身体はできるだけ遠くに行きたいのか、腕だけを伸ばし、とても不自然な格好だ。パチ、と火が跳ねる度に、大きな身体が跳ねる。

「飯を作っているのか？」

夏生の声に、壱ノ護がちらりとこちらを向き、それから鍋に視線を戻した。険しい表情で、鍋を掻き回し続ける。

味噌味の粥《かゆ》と、兎汁。火が苦手で、近づくこともできなかった壱ノ護が、料理をしていた。

「……灰汁は、ちゃんと取ったのか？」

「あ、く……？」

鍋の中を覗くと、案の定真っ黒な灰汁が鍋を覆っていた。

「掻き回すな。ほら、それを貸してみろ」

壱ノ護から柄杓を奪い、浮き出た灰汁を丁寧に掬《すく》っては捨てた。

「しっぱい、したか……？」

夏生の手の動きを追い、それから鍋を覗き、壱ノ護が言った。

「全部灰汁を捨てれば大丈夫だ。分葱《わけぎ》も入れたのか」

「いれた。これだろう？」

脇に置いてあった分葱の束を壱ノ護が見せてきた。

「ああ。臭《くさ》みがこれで取れるんだよ。よく探せたな」

壱ノ護がフンフンと湯気の匂いを嗅いでいる。肉の臭みなど気にならない壱ノ護には、よく分からないらしい。何度も首を傾げ、近づき過ぎて湯気が目に入ったらしく、手の甲で目を擦《こす》った。

「兎を獲ってきたのか？」

「あさ、はやくにとってきた」

「そうか」

何も口にしようとせず、もちろん食事の支度《したく》も放棄していた夏生のために、壱ノ護は自発的に獲物を獲《と》り、自分で料理をしようとしたらしい。何日もずっと寝ていたから、分葱が何処に生えていたのかも夏生は知らない。壱ノ護はそんな夏生に声を掛けず、一人で野山を駆け回り、記憶を頼りに採ってきたのか。料理など手伝ったこともなかったのに、よく見ていたものだと感心した。

「なつお、……これ、くうか……？」

覚束《おぼつか》ない壱ノ護に代わり、鍋の番をしていると、壱ノ護が包み紙を出してきた。経木《きょうぎ》に包まれたそれを開けてみると、団子《だんご》が入っていた。

「里へ下りたのか？　……一人で？」

驚いている夏生に、壱ノ護が小さく頷《うなず》いた。鹿と引き換えに手にした金は、まだほとんど残っている。あの時食べればよかったと言った夏生の言葉を覚えていた壱ノ護は、一人で里に下りて、これを買ってきたのだ。

「だんご、くわないか?」

茫然《ぼうぜん》と包みを見ている夏生に、窺うように壱ノ護が聞いてきた。

「あまいの、いらなかったか……?」

欲しくなかったのかと心配そうに見ている壱ノ護の前で、経木の上にある団子を一つ摘《つま》み、口に入れた。壱ノ護がじっと見守っている。

団子はまだ柔らかく、よもぎの青臭い香りと、小豆《あずき》の甘さが口の中に広がった。

「……甘い」

久し振りに口にした菓子を味わっている夏生の隣で、壱ノ護は無言のまま、夏生を見つめていた。

出来上がった食事を椀に入れ、兎汁と粥を食べた。粥は煮込み過ぎて重湯のようになっていたし、兎の肉も硬かったが、何も言わずにそれを頬張った。ゆっくりと咀嚼《そしゃく》している夏生を、壱ノ護がやはり無言で見ている。出来立ては熱過ぎて口に持っていけず、大きな手に椀を包んだままじっとしている姿に、少し笑った。

夏生も元々味にうるさいわけでもなく、何しろ数週間何も食べなくても死ぬこともない身体だ。火を焚き、温かい飯を作るのは、父としていたことを自分も繰り返し、少しでも人間らしい生活を——自分が人間であることを、忘れたくなかったからだ。

こうして食事をしながら、改めて自分が人間ではないことを実感してしまうのが、皮肉なことだと思う。だけど今は、それが悲しいことだという感覚にも襲われなかった。熱い物が胃の腑《ふ》に落ちていくのを、ゆっくりと楽しんだ。壱ノ護はそんな夏生をやはり黙ったまま、ずっと見ていた。

鍋を置いていた竈の火が弱まってきた。足元にある燃えかすを見ると、木切れの他に大量の草が放り込まれていた。細い茎が束になって結んであり、また、一本一本、茎の端が玉結びになっているものもあった。

「これはなんだ?」

燃え残った茎の一本を拾い、壱ノ護に聞いてみる。拾い上げたそれも、端が玉結びになっていた。面白いことをするものだ。

「はなかんむりを、つくろうとした」

椀を手に持ったまま、壱ノ護が小さな声で言った。え、ともう一度玉結びになった草に目を落とす。よく見ると、それは確かにシロツメクサの茎だった。ぼんぼりのような花の部分は焼け焦げて落ちている。

「うまくできなかった」

失敗したのだと、申し訳なさそうに壱ノ護が項垂《うなだ》れている。ずっと昔、父が生きていて、壱ノ護もまだ仔犬《こいぬ》だった頃、花冠を作ってやったことがある。壱ノ護は即座にそれを滅茶苦茶にし、夏生に叱られていた。

「花冠を作ろうとしたのか」

遠い昔の記憶を頼りに、壱ノ護はその花冠を再現しようとし、だけどできなくて、火にくべて隠そうとしたものらしい。綱を解《ほど》くのにも時間が掛かる壱ノ護が、細くちぎれやすいシロツメクサの茎を一生懸命結んでいる姿を想像した。

「茎を結んだだけでは花冠にはならないいな」

「まるくならない。なつおがつくったみたいに、ならなかった」

足元に落ちていた草を拾い、壱ノ護が無造作に火の中に投げた。への字に曲がった口で、残念そうに、「はなかんむり、つくれなかった」と呟《つぶや》いている。

「どうしてそんなものを作ろうとしたんだ?」

夏生の問いに、壱ノ護は難しい表情を崩さず、やはり小さな声で「なつおがわらうと、おもった」と答えた。

「いつかのよる、なつおがむかしばなしをして、わらっていたから」

いつになく夏生の機嫌がよかった晩、増長した壱ノ護に甘えられながら、子どもの頃の話を聞かせてやった。その時のことを思い出し、壱ノ護はその出来事を繰り返せば、夏生の機嫌が直ると思ったらしい。

「はなかんむりをつくったら、なつおはまた、わらうだろう?」

遠い昔、花冠を壱ノ護のために編んでやった時も、夏生は笑っていた。その話を壱ノ護に聞かせてくれた時も笑っていた。だからそれを作ってみせれば、夏生がまた笑うと思ったと。

食事の支度をしたのも、あの時夏生が笑ったからそれをしたのだと壱ノ護が言った。あれは熱さに喘《あえ》いで思わず尻尾《しっぽ》を出した壱ノ護が可笑《おか》しくて笑ったのだが、壱ノ護にはその理由が分からず、夏生が笑った光景だけを覚えていたのだろう。

単純で、愚直なまでに一本気な犬は、夏生が笑った出来事を繰り返したら、また同じように笑ってくれると思ったのだ。

「そうか。花冠を作ろうとしたのか。いっぱい摘んできたんだな」

大量のシロツメクサが竈の下で炭になっている。洞窟に籠り、涙を流し続ける夏生のために、兎と団子と大量の花を抱え、夏生に笑ってもらおうと、花を編んだのか。

「何処まで摘みに行った？　近くに花畑があるのか？」

「ちかくのは、すくない。ずぅっとあっちの、のはら」

壱ノ護が遠くを指さす。

「ずっと遠くか」

壱ノ護の指さす方向に目を馳《は》せる。洞窟の周りにも、白い花をつけた山野草がちらほらと、小さな群生を作っていた。春はまだかと、この辺りの雪解けを待ち、花の季節になる前に、夏生は洞窟に籠もってしまったのだと、思い出す。

「花畑か。お前が見つけたそこは、広いのか？」

「すごくひろいぞ。はなもいっぱい、さいている」

長い腕を目一杯広げて、壱ノ護が野原の広さを教えてくれた。

「そうか。花がいっぱい咲いているのか」

行ってみたいなと呟いたら、壱ノ護がこちらを向いた。見えない耳をピン、と立てたような顔をして、壱ノ護が「いこうか」と言った。


壱ノ護の背に乗って、山を三つ越えた。犬の姿に戻った壱ノ護は、ひと時も休むことなく走り続ける。逸《はや》る気持ちが先に立つのか、背中にいる夏生を振り落としそうな勢いだ。首の毛をしっかり摑み、落ちないようにしがみつきながら、壱ノ護に連れて行かれる。

やがて広大な野原に到着した。なだらかな斜面一面にシロツメクサが生えていた。所々に赤や黄色の花も咲いている。

「ああ、いい景色だ。凄い場所を見つけたな」

夏生の声に、壱ノ護が嬉しそうに一声吠えた。花畑の真ん中に夏生を下ろすと、興奮した様子で夏生の周りを跳ね回る。

「こら。せっかくの花が散ってしまう」

夏生が叱ると、伏せの姿勢を取って頭を低くした。一瞬大人《おとな》しくなるが、すぐに我慢がきかなくなり、今度は遠くまで走っていってしまった。戻ってきてはまた伏せる。左右に振れる尻尾がちぎれそうになっていた。

忙《せわ》しく走り回っている壱ノ護を笑って眺めながら、シロツメクサを摘んだ。ぼんぼりのような花が綺麗《きれい》に並ぶようにしながら、丁寧に茎を絡ませていく。途中にカタバミや紫蘭《しらん》の、赤や黄色も混ぜて編んでいった。

三つも山を越えたのに、壱ノ護はまるで疲れないらしく、ずっと走り回っている。飛んでいっては戻ってきて伏せる。そのまま匍匐《ほふく》してジリジリと夏生に近づき、前足や鼻先でチョン、と触れてきた。

夏生に悪戯《いたずら》をしながら、低くなった壱ノ護が見上げてくる。夏生が笑顔を返すと、伏せたままの身体が小さく跳ね、また弾丸のように飛んでいった。夏生が笑顔を取り戻したことが嬉しくて堪《たま》らないらしい。

「……単純だな」

走っていく壱ノ護を目で追う。我儘《わがまま》で頑固で、夏生の言うことを滅多に聞いてもくれないのに、夏生が元気になったことが、そんなにも嬉しいのか。

玉結びになったシロツメクサを思い出す。不器用な手で、懸命に花冠を作ろうとし、上手《うま》く作れなくてしょげていた。その壱ノ護は今、喜びを爆発させるように走り回っている。

「本当、単純で、……馬鹿だ」

小さくなっていく白い塊を目で追いながら、悪口を言う。その口元が緩み、自然と笑顔になっているのが、自分でも分かった。

遠くまで走っていった壱ノ護が、遠吠えをした。オン、ゥオオォオ……ン、という声が野原に響く。それからまた夏生の側にやってきては伏せ、鼻先をチョン、と夏生の膝につけてきた。

やがて花冠が出来上がり、忙しく走り回っている壱ノ護を呼んでやる。

「今度は壊すなよ。花も食べたら駄目だぞ」

伏せの姿勢で大人しく待っている壱ノ護の頭に、色とりどりの花で飾られた冠を載せてやった。神妙な顔付きで壱ノ護が花冠を被っている。ムズムズと尻を動かしながら、それでもじっと動くのを我慢している様子が可笑しくて笑った。

「お前にも作り方を教えてやろうか。簡単だよ」

夏生の誘いに壱ノ護が「つくる」と言った。好きな色の花を摘んでこいと言うと、また走っていき、長い時間を掛けて選んできた。大きな牡丹《ぼたん》の花を咥えて戻ってくる。「綺麗だな」と褒めると、壱ノ護が嬉しそうに尻尾を振った。

人間の姿になった壱ノ護に、冠の作り方を教えてやる。胡坐《あぐら》をかき、大きな手で繊細な花を編んでいく。真剣な顔をしながら花を編む姿にまた笑みが零れた。

ウサギやテンやリスが集まってきて、遠巻きにしながら二人の姿を眺めている。後ろ足で立ち、背伸びをしたテンがこちらを観察していた。

「こら、気を散らすな。今山犬に戻ってしまったら、花冠ができないだろう」

近づいてきた小動物を威嚇しようと、変化し始めた壱ノ護を諫《いさ》めた。

「動物にも好奇心があるんだよ。ただ見物しているだけだ。構わないでやってくれ。ほら、集中しろ。花がちぎれてしまうぞ」

ウゥ、と小さく唸ったが、壱ノ護はそれ以上動物を威嚇することを止め、また花を編む作業に戻った。変化の途中で叱られてしまい、三角の耳が出たままだ。

追い払われないと理解した小動物たちがわらわらと寄ってくる。兎が夏生の膝に乗ってきた。壱ノ護はチロリとそれを睨み、だけど邪魔はしなかった。壱ノ護が被っている花冠の上に、鳥が留まる。生えたままの耳を啄《ついば》まれ、三角のそれがピコピコと動く。

「お前の花冠に誘われて鳥がやってきたよ」

二羽、三羽と飛んできて、壱ノ護の頭に留まった。ピチュン、ピチュンという鳴き声に、壱ノ護が顔を上げ、頭にいる鳥を見ようとしている。背伸びをしたテンが、壱ノ護のすぐ目の前に立った。花畑で胡坐をかいている大男と、二本足で立っているテンとの対峙《たいじ》の姿がとても面白い。頭には花冠。鳥は四羽に増えていた。

「なんだ。黙っていたら、お前は動物に好かれるんだな」

壱ノ護の膝の上にも兎が乗っている。大きな身体の上を滑るようにリスが追い掛けっこをしていた。それを見て笑っている夏生に、壱ノ護が擽《くすぐ》ったそうに肩を縮ませた。

「いまは、はら、へってない」

肩に留まったリスに壱ノ護が言った。だから食べないよと言い訳をしているようだ。

「くわないけど、くいたいぞ」

「腹が減っていないなら、今は食うな」

「へってない。でも、くいたい」

擽ったそうに身体を揺らしながら、壱ノ護がしきりと食いたがる。それでも兎は膝から逃げず、リスも肩に乗ったままだった。本気で食う気がないことが、彼らにも分かっているらしい。

身体の上を走り回るリスたちを目で追い掛けながら、壱ノ護がまた「くいたいなあ」と言った。その言い方と表情は言葉と一致しておらず、どうやら「可愛《かわい》い」という意味らしい。

感情を表現する言葉を持たないこの犬に、もっと言葉を教えてやらないといけないないと、くいたい、くいたいと、リスに向かって言っている横顔を眺めながら思った。

リスや兎や鳥たちに見守られながら、壱ノ護の花冠が出来上がった。最後に牡丹の花を飾る。桃色の大きな八重《やえ》の花が、白と緑の中に映えていた。

「綺麗なのが出来上がったな」

初めて作ったにしては上出来だと褒めると、壱ノ護がそれを夏生の頭にそっと被せた。

「なつおの、はなかんむり。おれがつくった」

頭に載せた冠を眺め、壱ノ護が目を細めた。いつもは固く引き締められている壱ノ護の唇《くちびる》が、仄《ほの》かに緩んでいた。ゆっくりと口角が引かれ、白い歯が覗く。

「とても、きれい」

壱ノ護が見せた、初めての笑顔だった。


日暮れまで野原で過ごした。花を編み、草に寝そべり、動物たちと遊んだ。沈んでいく太陽を見送り、月が昇る。薄い三日月が雲に見え隠れするのを、草の上に寝そべったまま眺めた。

「さとへ、おりるか?」

壱ノ護の不意の誘いに、「え?」と聞き返した。

「あっちに、おおきなまちがあった。ここからちかい」

壱ノ護が斜面の下を指し、それから夏生の顔を覗くように見つめてきた。悪さに誘う悪戯っ子のような笑顔に、いつの間にこんな表情を作れるようになったのかと、その顔を茫然と眺めた。

「なつお、まちへいこう」

立ち上がった壱ノ護に腕を引かれた。人間の姿のまま、壱ノ護が夏生を抱き上げる。負《お》んぶではなく、胸の上に夏生を抱いて、壱ノ護が歩き始めた。

「はしるぞ、なつお。つかまれ」

言われた通りに太い首に摑まる。壱ノ護が勢いよく斜面を駆け下りた。

町へ入ると、すっかり夜になっていた。大きな町は人通りが激しく、商店も多い。

通り過ぎる人が二人を避けて歩くのは変わらないが、夜目のためか、畏《おそ》れや非難の対象になるほどでもない。小柄な夏生を守るように歩いている壱ノ護は相変わらずしかめ面《つら》だが、以前注意した妖気は放っていない。それだけで随分道が歩きやすくなる。

「新しい着物でも買おうか」

太物屋に入り、小袖を選んだ。薄水色の地に白い小花を散らした飛び紋の柄を見つけ、壱ノ護が夏生にはこれがいいと言った。小花の模様がシロツメクサに似ている。

素直にそれを買い求め、壱ノ護にも夏生が選んでやった。紺地の上に大きな車紋が染めてある着流しは、大柄の壱ノ護によく似合った。

「あるきにくいぞ」

「よく似合う。前のよりもこっちのほうが、私は好きだ」

普段は短衣に股引《ももひき》の壱ノ護が文句を言ってくるが、夏生が褒めると、野原で兎が膝に乗ってきた時のような拗ったそうな顔をして、黙って歩き出した。

道行く女が振り返る。送られてくる視線の種類が違っていた。

新しい着物で町を歩き、振り売りの寿司《すし》や焼き鳥を食べた。鮪《まぐろ》が気に入ったようで、壱ノ護が何度もお代わりをした。

着流しの壱ノ護はどうにも目立つらしく、道を歩いていて何度も「遊ばないか」と声を掛けられた。その度に壱ノ護が律儀に「あそばない」と言って断る。

「お前は妖気を消すと、人間の女にも好かれるんだな」

感心して言うと、壱ノ護が嫌な顔をした。犬の時のように上唇を捲《まく》るようにして歯を見せ、「あいつら、くさい」と言った。

「くさいし、うるさい。きらいだ」

鼻のいい壱ノ護には女の白粉《おしろい》の匂いが耐えられないらしかった。甲高い声も苦手なようで、そう言いながら耳を塞《ふさ》ぐ仕草をする。

「ぜんぜんうまそうなにおい、しない」

「あれは食い物ではないぞ」

「くえないくせにくさいのが、きらいだ」

壱ノ護の言い種《ぐさ》が可笑しくて笑う。女がまた声を掛けてきた。妖気をまき散らすのも困るが、こんな風に寄せつけるのも面倒なものだなと、呑気《のんき》に思った。壱ノ護と人里を歩いていて、こんな苦労をするとは思わなかったと考えたら、また笑えてきた。

「なつお、さかなののったにぎりめしが、またくいたい」

「まだ食べるのか。寿司が気に入ったのか」

「きにいった。においもいいし、ちゃんとうまい」

壱ノ護にとっては女よりも寿司のほうがよほど魅力的らしく、夏生に催促してくるのに頷いてやりながら、夜の町を二人で歩いた。

宿屋を探し、一晩泊まっていくことにする。洞窟に帰ってもいいと思ったが、せっかくだからと壱ノ護が言う。そんな提案をする壱ノ護に戸惑うが、久し振りに布団《ふとん》で寝られるというのは魅力的だった。

通された部屋は二階だった。飯は食ってきたからと断り、酒を持ってきてもらった。下の道では未《いま》だに人が行き来し、賑やかな声が聞こえる。町の雑踏と、空の三日月を肴《さかな》に酒を飲んだ。

猪口《ちょこ》に注がれた酒を、壱ノ護が舐めるように飲んでいる。父が生きていた頃、夏生と一緒に壱ノ護も時々晩酌に付き合っていた。父は酔うと饒舌《じょうぜつ》になり、夏生の母との馴初《なれそ》めを、よく聞かせてくれた。種を超えた大恋愛の話を、臆面《おくめん》もなく息子《むすこ》にのろけていたものだ。父の話は大袈裟《おおげさ》で気恥ずかしく、だけどそれを聞くのは好きだった。

壱ノ護が小さかった頃は夏生の膝に乗せて、大きくなってからはフカフカの腹に凭《もた》れて、繰り返し父の話を聞いていた。

締めくくりに父は必ず夏生のことを話した。お前は二人の大切な愛の徴《しるし》なのだと。それから壱ノ護に、大切な夏生を守れと頼んでいた。夏生から離れるな。ずっと側にいて、息子を守るんだぞと言い聞かせていた。父とのそんな約束を、壱ノ護はずっと守り続けている。

長い時間を掛けて徳利《とっくり》一本の酒を二人で飲み、床についた。二つ並んだ布団にそれぞれ入る。大きな壱ノ護の足が布団から飛び出していた。外は静かになっていた。

「犬になってもいいぞ」

ずっと人の姿のままでは窮屈だろうとそう言ったが、壱ノ護は犬に戻らなかった。仰向《あおむ》けになったまま、天井を見上げている。

ここ最近は洞窟の地面の上に一人で横たわっていたから、久し振りの布団はとても柔らかく感じた。だけど壱ノ護の毛皮に包まれていたほうがずっと温かい。そんなことを思いながら目を瞑《つぶ》ると、ゴソゴソと隣で蠢《うごめ》く音がした。

近くに寄ってきた壱ノ護が、布団から出ている夏生の腕にチョン、と触れてくる。野原でやった時と同じように、ほんの少しだけ触れ、それから袖をそっと握ってきた。

夏生が動かないのを確かめると、また少し寄ってきて、今度は肩口に鼻を押しつけてきた。完全に布団から飛び出し、大きな身体を丸めるようにして夏生にすり寄っている。黙っていると、今度は首を伸ばし、頤《おとがい》をペロ、と舐めてきた。頤から頬、目の周り、首と、どんどん大胆になっていく。

叱られないとみると、増長してくる様がいつもの壱ノ護で、まったくこの犬はと思ったら噴いてしまった。コロコロと喉を転がして笑っている夏生の顔を、調子に乗った壱ノ護がベロベロと舐め回してきた。

「人の姿になってもこういうところが本当に犬だな、お前は」

「なつお、なつお」

笑っている夏生に安心したのか、壱ノ護が身体を起こしてきた。覆い被さる形で、正面から舐めてくる。鼻も目も口も髪の毛もお構いなしに舐めてくるので、とうとう降参の声が上がった。

「こら、やり過ぎだ。もう終《しま》いにしろ」

両手を壱ノ護の胸に置き、突っ張って回避しようとするが、壱ノ護が止めない。グイグイと身体で押してきて、顎からおでこまでベロン、と舐め上げられた。人の姿のままこういうことをやってくるから、困るのだ。

「ほら、壱ノ護、止めろ。人の姿でそういうことをするな」

「だれもみていないから、へいきだ」

犬の癖に屁理屈《へりくつ》を言う。もう、と睨むが今度は鼻をかぷ、とやられた。

「痛いだろう」

「いたくない。よわく、かんだ」

悪びれることもなくそんなことを言うから、夏生も壱ノ護の高い鼻を噛み返してやった。一瞬驚いた顔をした壱ノ護だが、すぐにお返しをしてきた。噛んで、噛まれて、また噛み返す。犬同士のじゃれ合いのように、笑いながらお互いの鼻を噛み合った。

「ほら、寝られなくなる。自分の布団に行け」

いつまでもじゃれついてくる壱ノ護を叱るが、完全に調子に乗った壱ノ護が止まらない。性懲《しょうこ》りもなく口の周りを舐めてくるから、壱ノ護の舌を唇でパクンと挟み、動きを封じた。

夏生の口の中に壱ノ護の舌がある。壱ノ護の動きが止まった。夏生に舌を噛まれたまま、じっとこちらを見下ろしている。

じゃれ合いの延長のつもりでやったことだが、何かとんでもないようなことをした気がして、慌てて壱ノ護の舌を離した。顔を背けると、壱ノ護の顔がまた近づいてくる。

チロチロと唇を舐められる。

「……こら、壱ノ護」

「もういちど、……いまの、したい。なつお」

至近距離で声が聞こえ、隙間からぬる、と壱ノ護の舌が滑り込んできた。

「は……、ふ」

口腔《こうこう》に入ってきた舌の熱さに思わず息を漏らすと、奥まで入ってきたそれが夏生の舌を撫できた。搦《から》め捕《と》られて連れて行かれる。今度は壱ノ護の中に引き入れられた。

「ん……ぅ」

強く吸われ、身体の中の何かが壱ノ護に流れ込んでいくような感覚に陥った。妖に妖気を吸われると、血の気が引くように身体が冷えていくのに、今は逆に熱い。ふわふわと身体が浮く感覚が心地好く、だけど知らない場所へ連れて行かれそうで恐ろしい。突っぱねていたはずの腕が、しがみつくように壱ノ護の襟足《えりあし》を摑んでいた。

さっきまでは夏生の顔中を舐めていたのに、壱ノ護は夏生の唇ばかりを狙ってくる。逃げようとする夏生の舌を追い掛けて、壱ノ護がまた入ってきた。唇同士を合わせたまま、口内を蹂躙するように、舌が動き回る。

息苦しさと重みと、自分の中にある得体の知れない熱さに翻弄され、逃げたいのに逃げられない。

「う、……っ、ぅ……」

激しく眉根を寄せ、呻《うめ》くような声を上げると、夢中になって吸い付いていた壱ノ護の唇が離れた。苦しんでいる夏生の表情をじっと見つめている。

「なつお、もういちど……」

触れるか触れないかほどの弱い力で、唇が合わさった。慰めるような仕草に、少しだけ恐怖が去った。指はまだ壱ノ護の襟足を摑んだままだ。

「……ん、ぅ」

もういちど、もういちど、と言いながら、壱ノ護が夏生の唇を食《は》んでくる。止めろと言っても止めない癖に、お伺いを立てるように夏生に聞き、返事を待たずに合わせてくる。

夏生が買い与えた着物の合わせから、壱ノ護の肌《はだ》が覗いていた。不思議だと思った。犬なのに、ずっと共に過ごしてきた犬だったのに、どうして壱ノ護は人間と同じ肌を持っているんだろう。

浮遊感は続いていて、頭の芯《しん》がぼうっとしている。襟足を摑んでいた指を離し、目の前に見えている浅黒い肌に触れた。何かを考えたわけではない。ただそれに触ってみたかっただけだ。

掌《てのひら》に当たる感触はスベスベとしていて、程よい冷たさが気持ちいいと思った。毛皮に包まれた柔らかさも安心するが、この感触も好きだなと、ぼんやりと思った。

夏生に胸を撫でられながら、壱ノ護が目を細めた。いつも夏生が撫でてやっている時と同じ表情だ。胸に置いていた腕を伸ばし、長い髪の毛を触った。耳の辺りを撫でてやると、壱ノ護はもっと喜ぶ。そんなことを考えながら髪に差し入れた指で三角の耳を探る。

「あ……」

フワフワの柔らかい耳はそこになく、人間の耳があった。形を確かめるように両方の手で撫でていると、壱ノ護の唇がまた重なってきた。

「ん、……、ん」

宥めるような動きにまた身体が浮く感覚が訪れる。実際に背中が浮いていたようで、壱ノ護の掌が背中に当たった。引き寄せられて抱き締められる。

執拗《しつよう》に舌を舐《ねぶ》られ、嚙むような仕草をされ、それから吸われた。夏生の唇を壱ノ護が味わっている。夏生を喰おうとしているのか。そんなことを思いながら、差し入れた指で壱ノ護の髪を握った。唇の内側を撫でられ、お返しするように夏生も壱ノ護の口の中を舐めた。喰われているのに、なんだか自分のほうが壱ノ護を喰おうとしているみたいだ。

「なつ、お……」

自分の名前を呼ぶ壱ノ護の声が、泣き出す寸前のように聞こえた。慰めるように頭を撫でてやると、壱ノ護の唇が滑り、首筋に当てられた。軽く歯を当て、かふ、と嚙んでくる。

壱ノ護のいつもの合図だ。あれをする時、この犬はいつも、夏生の首や頭を甘嚙みする。

そういえば、人間の姿であれをする壱ノ護のことを想像したことがあった。いつもするみたいに後ろから穿《うが》たれるのではなく、自分の上にいる壱ノ護の顔が見てみたいと、そんなことを思ったことを思い出し、急に恥ずかしくなる。

「あ、……嫌だ」

壱ノ護の髪から手を放し、慌てて身体を背けようとすると、反対側の首を、また嚙まれた。嚙まれた場所が酷く熱い。鳩尾の辺りが疼《うず》き、その疼きが塊のようになって胸から喉へとせり上がってくる。心臓が音を立て、息が苦しい。

「なつお……」

――喰いたい。という声が微かに聞こえた。首を噛み、耳を含み、夏生を喰いたいと言いながら、だけど噛んでくる仕草が酷く、甘い。

野原で兎を膝に乗せ、身体中を駆け回るリスを眺めながら、壱ノ護は同じ台詞《せりふ》を言っていた。今耳元で同じ言葉を囁《ささや》く声は、やはり文字通りの意味とは違う。

「なつおを……くいたい」

苦しげな声で、壱ノ護が言葉を繰り返す。それは違うぞと、正しい言葉を教えてやろうと思うが、口にできなかった。

「くいたい。なつお。くいたい……」

それに、何度も繰り返されると、それが間違ってもいないような気もしてきた。甘えるような声を出し、切なげな顔をして、自分を喰いたいという壱ノ護の顔を眺め、いつしか夏生は笑っていた。

夏生の笑顔に、苦し気だった壱ノ護の表情が解ける。安心したように笑い、もう一度首を甘噛みされた。軽く噛んでは夏生の顔を覗き、また噛んでくる。抵抗も拒絶の声も出さない夏生を、それでも用心深く観察し、壱ノ護が身体を起こした。

帯を解かれ、着物の合わせを広げられた。全てを取り払われた身体の上に、壱ノ護が下りてくる。口を大きく開け、至るところの肌を噛まれ、舌を這わせてくる。いつものじゃれつく行為とは違い、ゆっくりと夏生を味わっているようだ。

擽ったいだけのはずなのに、鳩尾の疼きが大きくなり、身体が勝手に跳ねる。逃げると思ったのか、両手で腰を摑まれ、柔らかい腹の肉を噛まれた。

「んっ、……ぁ」

ひく、と腰が跳ねる。浮き上がった肌を壱ノ護に強く吸われた。唇が離れ、次には舌先で擽られる。何をされても身体がヒクヒクと反応し、疼きが大きくなっていく。腹の奥が熱い。浮遊感がますます高まっていった。

両足を持たれ、大きく広げられた。

「あ……」

怖いような、それでいて泣きそうな目をした壱ノ護が、夏生を見下ろしていた。僅かに開いた唇から、溜息《ためいき》が漏れている。

切れ長の黒い瞳が夏生を見つめている。造作の大きい、だけど整った造りは夏生とはまるで違うが、それでもとても綺麗だ。ああ、こんな顔をしているのか。こんな目をして、いつも夏生を喰らっていたのかと、濡れたような瞳をぼんやりと見つめ返した。

「なつお……」

足を持ち上げられて、壱ノ護の熱がそこに当たった。一瞬、壱ノ護の顔がクシャリと歪《ゆが》む。

苦しそうな顔が可哀想《かわいそう》だと思った。

「まる……」

慰めようと腕を伸ばす。その瞬間、ズ、と先端が押し込まれた。

「……ふ、っ、……は、ぁ、ぁ……」

犬の時よりもそれは熱く、ゆっくりと入ってくる感触がいつもより生々しい。壱ノ護が腰を動かす。進んでくるそれが内壁を擦っていく。

「んん、ぅ、……ん、ぁ」

顎を仰《の》け反らせ、衝撃に耐える夏生を、壱ノ護が上からじっと見ている。摑むものを探して腕を彷徨《さまよ》わせると、ここに摑まれというように、壱ノ護の身体が下りてきた。

「なつお、……なつお」

身体を進めながら、壱ノ護が夏生を呼ぶ。やがて一番奥まで行き着いたそれが止まり、次にはゆっくりと引き抜かれた。

「あ、……あ」

中の襞《ひだ》が捲られて、息と声が漏れる。出ていったそれがもう一度押し込まれ、また引かれた。繰り返される抽挿《ちゅうそう》が、少しずつ速くなっていく。

いつもは自分勝手で乱暴な動きが、今日は違う。夏生の表情を観察し、夏生の呼吸に合わせるように壱ノ護が動く。指に力が入り爪《つめ》を立てても、もっと強く摑まれと促すように、大きな身体を差し出してくる。

夏生の中を行き来する熱も、上にある身体も、今までとは勝手が違い、どうしていいのか分からない。壱ノ護はそんな夏生を上から眺めながら、身体を揺らし続けていた。

「……んんん、ぅ、は、ぁ、あ、あ……」

無我夢中で揺らされているうちに、いつかの光が見えてきた。疼きが身体中に広がり、壱ノ護が動く度に大きくなっていく。腕に力を籠め、壱ノ護にしがみつく。目の前に広がっていく白い光に飲み込まれそうになり、恐怖が増した。

「あっ、あ、止めて……、壱……ま、っ……だめだ、だ、め」

疼きが更に広がり、膨張した熱に内側から破けそうだった。止めてと言っているのに、壱ノ護が動きを止めない。ますます激しい動きで、夏生の中を抉《えぐ》っていった。

「や、……あっ、ああ、溢れ……っ、っ、は、ぁ……ああ、あぁぁあ」

背中が浮き、大きく仰け反る。絶叫に近い声と、ヒュ、と笛のような音が喉から漏れた。熱が弾《はじ》ける。ピシャ、と音が立ち、腹が濡れた。溢れ出た液体が零れ落ちていく。

壱ノ護は動きを止めず、夏生を見つめている。何が起こったのか分からなかった。

「まる、もう止めてくれ……、嫌だ、あ、ぁあ」

壱ノ護が動くと、また下半身に疼きが起こった。今放出したそこから、とぷとぷと白濁が零れ出て止まらない。

「も、……い、やだ。溢れる……、まる、は、……ぁ、まる」

壱ノ護から注入された妖力が許容量を超え、溢れ出てしまったのだと思った。これ以上は受け止められない。

「嫌だ……、止まらな……ぃ、ぁあ、あ」

壱ノ護が動く度に、どんどん溢れてくる。

怖さと、内側から起こる経験したことのない感覚に涙が出た。怖くて止めてほしいのに、壱ノ護の動きについていくように腰が浮き、勝手に蠢く。自分の身体が思うように制御できない。

熱が溢れて止まらない。身体がどろどろに溶けてしまいそうだ。

「まる……ぅ、まる、ぁあ、まる……」

壱ノ護の動きが止まった。泣きじゃくる夏生の頬を舐めてきた。宥めるような優しい仕草で、夏生の涙を吸い取っていく。唇を合わせ、入ってきた舌でも慰められる。壱ノ護の舌は、自分の涙でしょっぱい味がした。

「ん、……ん……」

引き攣れていた息が整うと、目尻に唇が当たった。涙を舐め取り、また唇に戻ってくる。ペロペロと舌を動かすのが、いつもの壱ノ護の仕草だったので、なんとなく安心した。

「いたいの、なくなったか……？」

壱ノ護が夏生の目を覗いてきた。涙を流す夏生が、痛がっていると思ったらしい。

「痛いわけじゃない……」

そう答えたら、壱ノ護がまた身体を揺らし始めた。

「……っ、だから、もう離れろ……」

「いやだ。いたく、ないんだろう?」

収まりかけた疼きが再び暴れ出しそうで慌てるが、壱ノ護は嫌だと言って出ていかない。抵抗しようとする夏生の口を吸い、頬を舐め、目尻を撫でる。懸命に夏生の機嫌を取っているような様子が可笑しくて、……可愛らしく、可哀想な気さえして、拒絶の声が弱くなる。

「なつお……」

そんな夏生を見下ろしてくる壱ノ護の表情は、寄せた眉《まゆ》が切なげで、僅かに綻んだ口元が、嬉しそうにも見えた。人間の姿の時にはいつも仏頂面だったのに、今日一日だけで、壱ノ護の様々な表情を見せられた。そんなやるせない表情もするのかと、夏生を見つめている壱ノ護を見上げた。

「なつお、なつお、……なつお、なつお……」

再び壱ノ護が身体を揺らし始める。眉根は寄せたまま、つい今しがた笑みを浮かべた唇から、は、は……、と息を漏らしている。摑まれと差し出されていた身体を引き寄せ、自分から壱ノ護の首を抱いた。夏生の細い腕に抱かれながら、壱ノ護が一心に身体を揺らしている。

「は、……あ、はっ、……っ、は、は」

力強い律動を感じ、壱ノ護の息の音を聞いた。時々喉を絞るような高い声を出す。そうしながら夏生の口を吸い、舌を掻き回してきた。

「あ、あ……、なつお、……っ、ぅ……」

く、と喉を詰め、壱ノ護の動きが止まる。最奥まで貫かれた壱ノ護の熱塊が夏生の中で爆発する。大きな身体が夏生の上で震え、それから深い溜息を吐いた。

きつく閉じていた瞼《まぶた》が開き、黒の瞳が見つめてきた。

「なつお……」

名を呼ばれ、返答の代わりに壱ノ護の太い首を引き寄せる。口を合わせる間も、壱ノ護は夏生の中に入ったままだ。身体が温かい。壱ノ護の脈動を感じた。

夜はシンとして静かだ。外からの雑踏の音も聞こえてこない。壱ノ護の呼吸と、自分の漏らすあえかな声が、部屋を満たしていた。


……息苦しさに目を開けると、壱ノ護がいた。寝ている夏生の上に覆い被さり、口を吸っている。

顔を背けたらそのまま首を舐めてきた。昨夜からずっとこの調子だ。一晩中壱ノ護は夏生を抱き、夏生が眠ってしまっても離れなかった。

「……壱ノ護。退《ど》けろ」

体重を掛けないように気は遣っているらしいが、大男が上に被さっている重苦しさはなくならない。舌先で耳を撫でられ、擽ったさに肩を竦めながら笑うと、ますます熱心に耳を舐めてくる。

「このまま、さとでくらすか？」

叱られながらもしつこく夏生にじゃれついていた壱ノ護が、不意に言った。

「にんげんといっしょに、なつおはいたいんだろ？」

壱ノ護の言葉の意味が咄嗟に分からず、茫然としている夏生を、壱ノ護が見下ろしていた。細められた瞳は穏やかで、目尻には柔らかい皺《しわ》ができている。

「……そんなことは無理だ。お前だって……」

「おれは、だいじょうぶだ」

「大丈夫なわけがないだろう」

「きのうも、ちゃんとやれた」

二人で町を歩き、買い物をして、宿にも泊まった。確かに妖気を消した壱ノ護は人里に溶け込めていて、面倒も起こさなかった。

「おれはへいきだ。できる」

だけど、それは半日にも満たない短い時間でのことだ。里で暮らすとなると、こんなものでは済まない。

「壱ノ護。そんなに簡単なことではない」

「できるぞ」

何処から出た自信なのか、壱ノ護が胸を張って言う。

「お前は人間が嫌いなのだろう？　女は臭いし、うるさいと言っていたじゃないか」

「へいきだ。がまんできる」

「お前にそんなことはさせられないよ」

「どうしてだ？」

「我慢させてまで里で暮らそうとは思っていない」

純粋に可哀想だと思う。そうでなくても夏生が一緒にいることで、壱ノ護の自由を縛っている。これ以上のことは望んではいけない。

「たった一日里で過ごせたからといって、簡単にできるなどと言うな。それに、私もずっと里で暮らすのは難儀だ。たまにこうして下りてくるのが精一杯だし」

夏生は壱ノ護の主人ではない。本人がそう言った。あの言葉がずっと胸に刺さっている。

恩義に厚い忠実な犬は、主人がいなくなっても尚、主人の命令を聞き、夏生を守ろうとする。

父の死後、自分が壱ノ護の主人のつもりでいた。だからいつも上から命令し、従わせることで優位を保っていた。言うことを聞かない壱ノ護を生意気な犬だと思っていた夏生だが、自分を主人と思っていないのだから、それは当然のことだったのだ。

「楽しいことはずっとは続かないよ。人間の生活に溶け込もうとするのは、とても大変だ」

だからそんな壱ノ護に、これ以上の我慢を強いることはできない。

「なつおは、それでいいのか？」

「私だって人間がすべて好きなわけではない。苦労のほうが多いだろうし、窮屈なのは嫌だ」

「なつおがいいなら、そうする」

純粋な目が、夏生を覗いてきた。嘘《うそ》を吐くことを知らない犬は、夏生の言葉をそのまま受け取る。

「そうだ。気楽なのがいい。それより、上から退いてくれないか」

髪を引っ張り、遠ざけようとすると、壱ノ護が夏生の鼻を嚙んできた。

「こら、止めろって。痛いんだよ、本当に」

「いたくないぞ」

「お前が決めるな」

夏生の叱りつける声にもめげず、次には嚙んだところをペロ、と舐め、それから再び口を塞いできた。

季節は初夏に入っていた。雨が降る度に緑が濃くなっていく。

里での一晩を過ごし、洞窟のある山に戻ってきていた。代わり映えのない生活が続いている。

数日続いた雨が上がった朝、壱ノ護が狩りに出ると言った。少し遠くの山まで行くが、大物を獲って、また里に下りようと張り切っている。

シロツツジの花を折ってきて、壱ノ護が夏生の髪に挿した。里から下りてきてから、壱ノ護は人間の姿を取ることが多くなっていた。

「これが、しおれる前にもどってくる」

頭に花を飾られた夏生を見つめ、壱ノ護が笑った。笑顔は自然で、言葉も幾分滑らかになっている。

鋭い視線が解け、目尻に優しい皺が寄る。造作の大きい壱ノ護の笑顔は、陽《ひ》が射したように明るい。大人しく花を飾られ、凛々《りり》しい顔を見つめ返していると、それが近づいてきた。フンフンと花の匂いを嗅ぎ、「いいにおい」と言っている。

「……やっぱり犬だな」

近づいてきた唇を受け取ろうとしたのに頭の上に行ってしまい、それが恥ずかしい上に面白くなく、夏生はそんな口を利いた。相変わらず夏生の文句などは意に介さない壱ノ護が、しつこく花の匂いを嗅いでいる。

「ほら、もう行くんだろう。離れろ……っ、舐めるな」

前にある厚い胸を押したら、こめかみを舐められた。つう、とそれが下りてきて、唇に当たる。舌で撫でられたあと塞がれて、軽く吸われた。ちゅ、という音がまた恥ずかしく、首を振って回避した。

「それ、やめろと、……言っているのに」

ブツブツと文句を言いながら、当てつけのように自分の腕で唇を拭いた。

「どうして怒っている？」

首を傾げている壱ノ護に「早く行け」と睨んだ。

下りてきた唇を受け取ろうと思ったらはぐらかされて、油断した途端に奪われた。完全に翻弄されているのが悔しい。本人がまるで自覚していないのがまた……癪《しゃく》に障《さわ》る。

「夏生。……きげんが、悪いのか……？　おれが、怒らせたか？」

腰を屈《かが》めるようにしながら目の奥を覗き込まれ、視線を彷徨わせながら、「そんなことはない」と、辛《かろ》うじて声にした。

「凄いのを獲ってこい。それを持って、また町へ出掛けよう」

夏生の機嫌がさほど悪くないことを確かめた壱ノ護が、にっこりと笑い、頷いた。

「わかった。すごいのをとってくる」

意気揚々と出掛けていく壱ノ護を見送った。姿が見えなくなると、早速鳥がやってきた。

米粒のおやつを撒《ま》き、しばらく一緒に遊んでやった。久し振りの留守番だ。

「今日はどの辺まで行くのかな」

散らばった米粒を啄んでいる鳥たちに向かい、独り言を言う。あの犬のことだから、何処に行っても危険なことはないだろうが。

熊なんか獲ってきたらどうしようか。大きな町に売りに行ったほうがいいかもしれない。獲物を売り、得た金で二人で遊ぼう。また新しい着物を買ってやろうか。

いつかの里での出来事を思い出し、あれこれ計画しながら、夏生はいつの間にか笑っていることに気が付いた。壱ノ護と里へ下りるのを、自分はだいぶ楽しみにしているらしい。

里で暮らそうと誘われた時には驚き、無理だと諭したものだが、この調子ならいつかできるかもしれないと思い始めていた。今までよりも頻繁に里を訪れ、二人で慣れていけばいい。

壱ノ護の最近の変化が、夏生にそんな期待を持たせた。人の姿を取ることもそうだが、夏生のすることを、壱ノ護は以前にも増して懸命に真似ようとしている。

炊事を覚え、着物に慣れ、少しだけ語彙が増え、口答えが更に生意気になった。

壱ノ護の成長と変化は、それだけではない。

寄ってくる鳥や動物たちをむやみに追い払わないようになった。それから、花をよく摘んでくるようになった。今夏生の髪にあるように、綺麗な花を折ってきては、夏生を飾る。

じゃれたり噛んだりしてくるのは変わらず、それに加え、夏生の唇をよく吸ってくるようになった。犬の姿のままでは夏生の唇が吸えない。だから壱ノ護は人間の姿になる。今朝のような不意の悪戯に、夏生のほうが翻弄される。悔しいとも思うが、嫌な気分ではない。

それから、妖力を分け与えるあれも、人間の姿のましてくるようになった。しかも特に妖にも襲われず、体力も妖力も奪われていないのに、頻繁に挑んでくるのが困る。お蔭で夏生はずっと壱ノ護の妖力を蓄積し、元気過ぎるほど元気だった。

米を食べ尽くした鳥が、夏生の上に乗ってきた。頭に飾ったツツジを啄んでいる。

「悪戯をすると、まるが怒るよ」

朝露に濡れていた白い花は綺麗な形を保ったまま、まだ萎《しお》れる様子はない。今頃は何処の山を走っているのかと、空の遠くを仰ぎ見た。

壱ノ護の態度は相変わらず傍若無人《ぼうじゃくぶじん》で、夏生が許容すれば際限なく甘えてきて、機嫌が悪そうだと見ればそっと窺うようにしながら、やはり甘えてくる。弱い夏生を自分が守っているという態度も変わらない。

改めて考えてみると、夏生に対する壱ノ護の態度は、拾った時から一つも変わっていない。身体は大きく成長し、強大な妖力を持ち、人間への変化を覚えても、壱ノ護はずっと壱ノ護のままだ。

変わったのはそれを受け取る夏生のほうだ。じゃれついてくる壱ノ護に、前のような強い態度で押しのけられなくなった。守ってやっているという態度に、余計な世話と言いながら、大人しく守られるようになった。口を吸われ、舌を絡めてくる行為に、特別な意味を探すようになった。人間の姿で夏生を求めてくるのを、待つようになってしまった。

腹の奥の疼きはずっとなくならない。不安と焦燥と、突然泣き出したくなるような、それでいて何処か心地好い、甘い感覚。

今自分が苛まれているような疼きを、壱ノ護も持っているのだろうか。狼狽《うろた》えたり、恍惚《こうこつ》となったりするこれらの感覚が、自分だけに訪れているのだとすれば、それはとても……寂しいことだと思うのだ。

確かめたいけど、怖い。知りたいと思うが、知られたくない。夏生のそんな葛藤など壱ノ護は何一つ知らないで、能天気に夏生の唇を吸い、呑気に狩りに出掛けている。

高い声で鳥が鳴いた。日は昇ったばかりで、壱ノ護はまだ当分帰ってこない。

一人の時間を持て余し、気を紛らわせようと、散歩に出ることにした。鳥が頭の上を旋回しながらついてくる。川の側まで行ったら、テンとも会えるだろうか。すっかり道のついた、壱ノ護の大きな足跡の残る土の上を、木の枝で葉を払いながら、ゆったりと辿っていった。

「川の妖は住処を大きくしたかな」

浅瀬の大岩の陰に住む妖を訪ねていくことにする。太一が贈った木切れや農具はどんな風になっているだろう。

目的の浅瀬に辿り着くと、妖の住処は拡張されていた。鳥が落としていくらしく、花も浮いている。居心地のよさそうな淀みがゆらゆらと波を立てていた。

「随分立派になったな。おい、出てこないか」

声を掛けるが、夏生の体内にある壱ノ護の結界のせいなのか、妖は一向に姿を現さなかった。攻撃するつもりはこちら側にはないが、やはりあの犬の持つ力は脅威のようだ。

「出てきても平気だぞ？　怖がることはない」

せっかく遊んでやろうと思ったのにと、大岩の上からしつこく声を掛ける。夏生を応援するように、鳥たちも花を川面に落としてはまた取りに行き、忙しく飛び回ってくれた。

「そういえば、テンの姿も見えないな」

夏生が歩くと、必ず顔を出す小動物たちも姿を現さない。呼んだら来るかと、大岩の上に立ち上がり、川の向こう岸に目をやった。

水が勢いよく流れる向こう側に、見覚えのある模様を見つけた。背の高い草の隙間から見える布の色は、太一が着ていた着物と同じだ。草の陰に蹲《うずくま》り、隠れるようにじっとしている。

「……太一か？」

妖も動物も姿を現さなかったことに合点《がてん》がいった。人が潜んでいたのでは出てこないだろう。

太一は動かず、岩の上に立つ夏生を窺っているようだ。どうしようかと一瞬迷ったが、夏生は岩から下り、川に入っていった。

あんな別れ方をした太一に、ちゃんと謝りたかったのだ。

「太一。久し振りだな」

浅瀬を渡ったところで声を掛けると、蹲ったままの太一が顔を上げ、引き攣ったような笑顔を作った。ああ、まだ怖がっているのかと思うと、胸が痛んだ。だが、それほど怖がりながら、どうしてまた夏生に会いに来たのかという疑問も湧いた。

「どうした？　また山菜採りにでも来たのか？」

怯えた太一の様子に、少し離れた場所で止まり、もう一度声を掛ける。強張った顔のまま、太一がキョロキョロと辺りを見回した。どうやら壱ノ護がまたやってきやしないかと、警戒しているようだ。

「今日はあの犬はいない。それに、もう絶対にあんな恐ろしい目には遭わせないと誓うぞ。あの時はすまなかった」

夏生が謝ると、やっと少し警戒が解けたのか、太一が身体の力を抜いた。

「前に約束した薬はまだ作っていないんだ。もう……ここには来ないと思ったから」

身体の弱い弟のために、薬を作ってやろうという約束を守れずにいたことを、夏生はずっと気に病んでいた。

「弟はあれから元気になったか？」

夏生の問い掛けに太一は俯《うつむ》き、それから決心したように一つ息を吐き、顔を上げた。

「それが……、あんまりよくないいんだよ」

「そうなのか。熱が下がらないのか？」

「そういうんじゃねえんだけど、なんて言ったらいいのか……」

熱だとか、咳が止まらないとか、そういった症状ではなく、全体的に弱ってきたのだというのだ。

「もう何日も寝たきりで、飯も食わない」

「それは……心配だな」

「それでな。村の人が言うには、あれは病気じゃなくて、物の怪の仕業《しわざ》じゃねえかって」

太一の住む村には医者はおらず、寺の住職や祈禱師《きとうし》がその役割を果たしている。弱っていくだけの弟の様子に、これは病ではないと口を揃《そろ》えて言われたと、太一が苦しそうに言った。

「ずっと寝込んだまんま、身体が重い、動かないって苦しんでいる。……だから、夏生ならなんとかしてくれるんじゃねえかって、ここで待っていたんだ」

青ざめた顔には相変わらず怯えが浮かび、声も震えている。妖に川に引き摺《ず》り込まれ、壱ノ護に脅されて恐怖した太一は、それでも一向によくならない弟のために、毎日のようにここへ通い、夏生を待っていたのだという。

「頼む。藤丸を診てくれねえか。もし藤丸の病気が化け物のせいだったら、俺の時みたいに、助けてやってくれ。夏生ならできるだろ？」

膝をつき、拝むように太一が両手を結んだ。

「弟に一度会ってくれ。俺の家に来てくれ。頼む。……頼む」

結んだ手を高く掲げ、額は地面に擦りつけたまま、太一が夏生に懇願する。

「しかし、私は……」

「頼む……っ」

夏生の中で警鐘が鳴る。太一の弟を助けてやりたいのは山々だが、あの里へ行くのはとても危険だ。壱ノ護と共に牡鹿《おじか》を売りに行き、買い物に出た町で騒ぎを起こしたのは、つい数ヶ月前のことなのだ。実際夏生の姿を見た者もいるだろうし、そうでなくても噂《うわさ》は広がっているだろう。だから太一の弟のことも、物の怪の仕業だなどと断定しているのだと思った。

「藤丸がこのまま死んだら、俺は一人っきりになってしまう。親が死んで、ずっと二人で生きてきたんだ。あれがいなくなったらと思うと……。夏生、後生だ。診るだけでも、せめて、病気か物の怪の仕業なのか、それだけでも診てやってくれ」

太一の悲痛な懇願が続いた。泣き出さんばかりの声を上げて、夏生に頼み続ける。大切なのだと、弟が死んだら自分も生きてはいけないと、夏生に訴える。

鳥が心配するように、上空の高いところを旋回していた。山の木々がざわざわとうねり、夏生の答えを促すように見守っている。

「……お前の家は村のどの辺にある？　村のはずれか？」

夏生の声に、弾けるように太一が顔を上げた。

「人には会いたくないのだ。誰にも知られずに、私を連れて行ってくれるか？」

……悪い癖が出たと思った。だけど仕方がないではないかと、自分に言い訳する。

石を投げられ、あんなに酷い目に遭ったくせに、頼まれてまた助けようとしている。懲りない自分を諫める一方で、太一が自分を頼ってくれたことに喜びも感じているのだ。これで太一にあの時の償いができるという思いもある。太一が大切にしているという弟を、できることなら助けてやりたい。

「すぐに来てくれるか？　このまま」

縋《すが》るような太一の声に、夏生は頷いた。

「なるべく早いほうがいいのだろう？」

「ああ、そうだと助かる。……夏生、すまないな」

「構わない。急ごう」

申し訳なさそうにしながらも、気持ちが急《せ》くのか、早足で歩いていく太一の後ろを夏生もついていった。

壱ノ護があとで聞いたらきっと怒るだろう。また宥めるのが大変だ。

太一のあとを追いながら、壱ノ護に激昂《げっこう》されて謝って、慰めている自分の姿を想像し、微苦笑してしまった。

連れて行かれた場所は、山にほど近い、村のはずれだった。

人の目を警戒しながらやってきたが、すれ違っても太一が夏生を隠すようにしてくれたし、懸念したほど注目も浴びなかったことに安堵《あんど》した。今日はあの目立つ犬を連れていない。

点在する中でも小さな集落の隅に、今にも壊れそうな小屋がポツンと建っている。そこが太一と弟の住まいだった。

ガタつく戸板を開け、招き入れられる。地面と区別がつかないほどの低い段差の上に布団が敷いてあり、小さな子どもが寝ていた。部屋はそれ一つしかなく、家具もない。

「藤丸。来てくれたよ。これでもう大丈夫だ」

囁くような、とても優しい声で太一が藤丸に話し掛けた。絶え絶えの息を吐きながら、藤丸がほんの僅か視線を動かした。大きな目はうつろで、小さく開けた唇はカサカサに乾き、熱のためか異常に赤く、他は真っ白だった。

「兄ちゃ……」

出す声はか細く、兄を呼ぶ一言すら苦しそうだ。九つと聞いていたが、細い身体はそれよりもずっと小さく、せいぜい五つか六つにしか見えなかった。

目に力を取り戻したら、とても可愛らしい顔立ちをしているのにと、病床にある藤丸を見て、夏生は不憫《ふびん》に思った。

「夏生。どうだ？　治りそうか？」

早く診てやってくれと、太一が手招きするその足元を、黒い影がぴゃ、と走り抜けた。

部屋中の至るところ、特に藤丸の横たわる布団の周りに、夥《おびただ》しい数の小鬼がいた。

大きさは小指ぐらいで、手足が長く、一つ目の者もいる。数百匹の邪鬼が藤丸の身体の上に乗っていた。これでは動けないのも当然だ。しかしこれだけの数の妖が、小さな男の子一人に憑《つ》いているのが不思議だと思った。

「これは少し……厄介だな」

一匹一匹の力はそれほど強くなく、夏生でも指で弾けるくらいのものだが、数が多過ぎる。あれを全部おびき寄せて、連れて帰れるだろうか。壱ノ護を呼べばすぐだが、太一の家で騒ぎを起こしたくない。

「夏生……、どうにかしてくれ」

期待の籠もった目をして太一が夏生を振り返る。開け放しの戸から、近所の人が集まってくる気配がした。

「なんとかやってみようか」

取りあえずできることはしてみようと、藤丸の上で山盛りになっている邪鬼を見た。

壱ノ護のお蔭《かげ》で夏生の体内にはたっぷりと妖気が溜まっている。餌に釣られ、上手く全部をおびき寄せられればいいのだが。

すう、と腕を伸ばし、すぐ近くにいる邪鬼を呼び寄せた。こっちのほうが美味《おい》しいぞと語り掛け、無防備に妖気を漂わせる。

夏生に気付いた一匹目が寄ってくる。連なるように他の邪鬼たちがこちらに興味を示したのを感じた。

壱ノ護の結界が邪魔をするのか、近くまでは来るがなかなか取り憑かない。

――平気だよ。怖いのは今いない。

山で動物を呼ぶように、邪鬼にも語り掛ける。一匹目を取り込めばなんとかなる。一度夏生の味を覚えてしまえば、あとは先を争うように取り憑いてくるだろう。

探るように足元を一周した邪鬼が、夏生の足先に触れる。ゾッとした冷気が走り、懸命に堪《こら》えた。慣れているとはいえ、喰われるというのは何度体験してもいい気分ではない。

足先から甲へ、小さな邪鬼が夏生に取り憑いた。夏生の目論見《もくろみ》通り、一匹取り憑くと、後は芋《いも》づる式だった。次から次へとやってきては夏生に取り憑き、足から腿《もも》へと這《は》い上がってくる。ざあ……っ、と蹉跌《さてつ》が動くように、数百匹の邪鬼の群れが夏生に向かって流れてきた。

その場に立ち尽くしたまま、最後の一匹が自分に憑くまで動かずにいた。

「……兄ちゃん」

邪鬼がいなくなった布団で、藤丸が声を上げる。

「藤丸……ああ、よかった。藤丸、藤丸」

安堵の声を漏らし、太一が起き上がった弟を抱き締めた。邪鬼が腰まで来る。背後では人間のどよめきが聞こえた。

……歩けるだろうかと、一歩踏み出してみた。身体は鉛のように重たいが、引き摺るようにしながらもなんとか足が動いた。夏生の中の力もだいぶ増しているらしい。繰り返される壱ノ護との営みのせいだろうか。

これなら壱ノ護を呼ばなくてもなんとかなりそうだとホッとした刹那。

「……か、っ、は……」

突然身体が硬直した。邪鬼が上がっているのは腰までなのに、身体のすべてが動かない。声を出そうとするも、それも叶《かな》わなかった。見えない何かで身体を縛られ、物凄い力で一気に絞られていく。

「ぐ……、ぅ」

憶《おぼ》えのある拘束の感覚は、遠い昔のものだ。妖に喰われたせいではない。これは——人間による呪術だ。

夏生に取り憑いた邪鬼たちも、夏生と一緒に縛られている。身動きも取れず、ギイギイと断末魔の声を上げて押しつぶされていく。邪鬼たちと一緒に苦しんでいる夏生を、抱き合ったままの兄弟が見ている。二人とも目を大きく見開き、驚きながら、悲しそうに、夏生を見つめていた。

「あ……、ぁ……っ」
伸ばした腕が空《くう》を掻く。ギリギリと絞られ、身体が不自然に捩《よじ》れていった。見えない力に引っ張られ、ぐるりと身体が反転する。後ろで見物していた村人たちと目が合った。

皆一様に両手を合わせ、念仏を唱えていた。夏生に注がれる視線は冷たく、嫌厭《けんえん》に満ちている。

村人に混じり、白装束の男たちの姿が見える。忌《い》まわしい呪詛が粗末な部屋の中に響いていた。数人の呪術師たちが一斉に声を張り、夏生を封印しようとしているのだ。

「あの目を見ろ。あれが化け物の徴だ」

誰かが叫び、おおぉお……っ、とどよめきの声が上がった。呪縛に抵抗し、瞳の色を変えていく夏生を、人々が畏怖《いふ》と憎悪の目で見物している。

迂闊《うかつ》だった。見えない力に抗《あらが》いながら、のこのこと里へ下りたことを後悔した。あの時鳴った警鐘に素直に従えばよかった。危なくなったら壱ノ護を呼べばいいと高を括った。こんな状態では声も出せず、壱ノ護を呼ぶこともできない。

「急げ。動けるようになったらお終いだぞ」

声が聞こえ、夏生に人が群がる。大きな反物で邪鬼もろともグルグル巻きにされた。布にも術が掛けられているのか、縛《いまし》めがますます強まり、息もできない状態になった。

「早く！　動けないうちに、終わらせよう」

夏生が力を取り戻すのが怖いのか、焦った声を出しながら、わらわらと人が襲ってくる。恐怖と焦燥が浮かんだ顔には悪意しかなく、人間を初めて恐ろしいと感じた。

「運べ」

術の掛かった布で身体を縛られ、体力も妖力も封印された状態で、太一の家から担ぎ出された。晴れていた空はいつのまにか雲に覆われ、ポツポツと雨が降り始めている。妖怪を封じ、捕らえたと、勝ち鬨《どき》の声を上げながら、興奮した村人たちが夏生を運んでいく。

連れて行かれたのは山の中腹の古い神社。夏生が生まれ、育ち、母を殺された場所だった。朽ちた拝殿も燃え落ちた母の残骸もそのままに、奥にある本殿に入っていく。かび臭い建物は古いまま、奥に牢檻《ろうかん》が作られていた。格子《こうし》の木は新しく、急ごしらえで作ったようだ。夏生をおびき寄せ、ここに閉じ込めようと用意したものだと、護符の貼られたそれを見て悟った。

格子の一部が開けられ、縛られたまま中に放り込まれた。身動きの取れない状態で板の間に転がされ、牢に鍵が掛かる。牢の外には塩が盛られ、榊《さかき》が立てられていた。

呪術師たちが大声で呪いを唱え、夏生を運んだ人々が膝をついた。結んだ両手を掲げ、何の利益もない祈禱の形を取っている。あれだけ乱暴なことをしたくせに、今度は夏生を拝んでいるのだ。

放り投げられた衝撃で、夏生を封印していた布が僅かに緩み、逃げ出した邪鬼が格子をすり抜けようとした。だが、触れた途端に弾け飛び、邪鬼はそのまま霧になった。布の隙間から抜け出た邪鬼たちが次々と牢に突進し、霧となって消えていく。

目を凝《こ》らすと、格子の木からゆらゆらと青火が立っていた。呪詛と護符によって強力な結界が張られているようだ。床に寝ている夏生にまで、チリチリと焼けるような熱気が飛んでくる。邪鬼が消し飛ぶ結界は、夏生が触れてもきっとただでは済まない。

朦朧としながら、牢の向こう側を眺めていた。呪術師たちが尚も呪詛を唱え、その周りで人々が祈りを捧げている。夏生を閉じ込め、封印しながら祀《まつ》っている様が、愚かで滑稽だと思った。

人々の後ろに太一の姿が見えた。跪《ひざまず》いている村人の一番後ろで、突っ立ったままこちらを見ている。歪んだ顔には憐れみが浮かんでいた。

苦しげな表情で立ち尽くしている太一を、牢の中からじっと見つめていると、その目が逸らされた。村人が馬鹿馬鹿しい唱えの声を発する中、横を向いた太一の口元は、固く閉じられたままだった。


本殿の扉が開き、僅かな光が射す。黒い影が静かに入ってきて、夏生のいる牢檻の少し前で止まった。

コトリ、と床の上に皿が置かれる。果物と団子が載っていた。牢の奥に座っている夏生にチラリと視線を送った太一は、そのまま立ち上がった。

「……何も食べなくて平気なのか？」

前に置かれた手つかずの皿を持ち、太一が言った。ここに連れてこられてから数日、夏生は何も口にしていない。

縛めの布は徐々に緩み、今では動けるようになった。だが、結界の張られた格子に近づくことができず、夏生は檻に閉じ込められたままだった。夏生と一緒に連れてこられた邪鬼たちはすべて消し飛び、今は一匹もいない。

「外に置かれても、取ることができない」

供物《くもつ》のつもりなのか、時々食料が運ばれてくる。持ってくるのは太一で、夏生の世話役を申しつけられているようだった。

「そうか。……それは、気が付かなかった」

ぼそぼそとした声は、夏生にというより、独り言のように聞こえた。一旦床に置いた供物を持ち、太一が恐る恐る近づいてきた。

「格子の中に入れてやればいいんだな」

これも独り言のように呟き、そこで思案する。供物の載った皿は格子よりも大きく、中に入らないのだ。鍵を開けることは論外で、それなら手を伸ばして供物だけを入れようと思うが、それにも躊躇《ちゅうちょ》している様子だ。

「……いらぬ。そのまま置いておけ。そんなものは食べたくもない」

夏生を閉じ込めてある空間に、手を差し出すことすら恐ろしいのかと、断った。夏生の邪険な声に気圧《けお》され、供物の載った皿が、また床に置かれた。

「本当に……人間じゃないんだな」

何日も何も口にせず、水さえも取らないまま、夏生は生き続けている。護符の貼られた格子に触れない夏生に、太一がしみじみとした声を出した。

「やっぱり妖なのか」

「仙人ならよいが、妖は恐ろしいか」

「そりゃ……」

川で助けた時、怖くないのかという夏生の問いに、太一は笑って首を横に振ってくれたのに、今更そんなことを言い、改めて怖がる。

「どうして私をここに閉じ込める。私は何もできないぞ」

退治するわけでもなく、化け物だと言って怖がっているのに、こんなところで生かしておく必要もない。まして祀られたところで、夏生が何をしてやれるわけでもないのに。

「村の人は喜んでいる。これでここが栄えるってな」

「私にそんな力はない」

「人の形をした妖を飼うと、その家は栄えるんだそうだ」

くだらない迷信に則《のっと》り、夏生はここに連れてこられたのだ。そんな力はないとどんなに訴えても、誰も聞いてくれない。

「ずっと昔、この神社には巫女《みこ》の姿をした妖が住んでいたんだと」

太一がこの神社の由来を語った。百年も昔、この神社に住んでいた巫女は、外にあるカヤの木の化身だったのだという。その頃の村は気候も温暖で、平和だった。だが、ある日一人の旅人が村を訪れ、巫女が厄災を呼ぶ物の怪だと言った。

「物の怪退治だといって神社に火を放ったんだそうだ。止めに入った村の人と争いになって、ここはこんな有様になった。どさくさに紛れて、気が付いた時には騒ぎを起こした旅の人はいなくなっていたんだと。その旅人のせいで、巫女は消えてしまった」

その後疫病《えきびょう》が流行《はや》り、天候の荒れにより不作が続いた。里はどんどん衰え、その頃になって、あの巫女はこの辺の土地神だったのだと分かったのだそうだ。

太一の話す里の伝承は、人間に都合のいいようにねつ造されていて、その中に夏生の話は出てこない。碧眼《へきがん》を持つ子どもの存在など、話を面白くするのにも、たいして役には立たなかったのだろう。すべては他所からやってきた旅人のせいにされ、村人が神社を守ろうと必死に戦ったことにされていた。

「……とんだ伝説だな。ここの人間はそんな戯言《たわごと》を信じているのか」

何一つ真実がないまま伝わってきたという昔話に失笑する。そしてそれが回り回って夏生に返ってきた。最悪の形で。

「それで私をおびき寄せて、ここに閉じ込めて祀っているわけだ。太一、お前は私を騙したのだな」

「……悪いと思っている。けど、決まり事には、従うしかなかったんだよ」

苦渋の顔をしながら、太一が言い訳をする。

「薬を売ってやると話を持ち掛けてきたのも、嘘か」

「それは、……まさか、あんな犬がいるとは思っていなかったから……」

「穏便におびき寄せて、やってきた私を捕まえようとしたのか」

「俺は……」

何かを言おうと顔を上げた太一は、夏生の鋭い詰問の目に晒《さら》され、黙ったまま俯いてしまった。

目の前にいる、人の好さそうな男の狡猾《こうかつ》さに呆《あき》れ、自分の甘さを呪った。

「いたいけな子どもに邪鬼を憑かせ、餌にしたのか。弟が大切だと言っていたのも嘘だったのだな。……酷いものだ」

「違うっ！　仕方がなかったんだ！　逆らえば、俺たちはこの村で生きていけない」

「それが本音か。結局自分だけが可愛いのだな、お前は」

「そうじゃない。弟が……藤丸が人質に取られたんだ。連れてこないと、藤丸はあのまま死んでいた。だから、どうしても連れてくるしかなかったんだ」

顔を歪ませて、太一が弁解した。だがそれは結局、自分たちの保身のために、夏生を犠牲にしても構わないということに他ならない。

「お前には悪いと思っているよ、本当に……」

夏生に対する憐《あわ》れみと畏れ、自分のしたことを、弟のために仕方がなかったと言って正当化する自己保身。

「ならば私をここから出してくれ」

「それは、できない。……すまない」

……こんな人間に、自分は何を望んでいたのか。

食わなくて平気なのかと口だけは心配をしながら、それなのに側に近づくこともせず、離れた場所から怖がりながら謝る。仕方がなかった、無理やりやらされたと言い訳をし、我慢してくれと必死に説得している、憐れな人間を見つめる。

こんな醜い人間を信じ、理解してくれるなどと有頂天になった自分も愚かだったと思う。

「もう行ってくれ。……話すのも億劫《おっくう》だ」

「夏生。……すまない」

太一の入ってきた扉から陽が射している。外はもう夏なのか。ここに連れてこられてから何日が経ったのだろう。

　陽の光を見つめながら、壱ノ護はどうしているだろうかと考えた。萎れる前に帰るからと、髪に飾られた花は、ここに運ばれる途中で失くしてしまった。あの日降った雨が夏生の匂いもすべて消し去ってしまい、痕跡は何処にもない。

　獲物を土産にあの洞窟に帰ってきて、夏生の姿がないことに、壱ノ護はどんなに慌てたことだろう。

　牢は堅強で、触れることもできず、妖気を漂わせ、自分の存在を教えることができない。呼べばすぐに来てくれるのに、呼ぶ術がない。牢の中からどんなに叫ぼうと、結界に阻まれ、夏生の声は壱ノ護まで届かないのだ。

　夏生の気配が何処にもないことに、壱ノ護は何を思うだろう。自分を捨てて一人で逃げたと思うだろうか。今も夏生を、捜しているだろうか。


　扉が開く音がし、それからヒタヒタという足音が聞こえた。いつもの太一かと思うが、床を歩く音はそれよりも軽い。

　壁を向いて寝ていた身体を反転させ、夏生は扉を見やった。格子の向こうに、小さな子どもが立っていた。

「藤丸か」

牢檻から少し離れた場所に立ち、じっと中の様子を窺っている。横たわったまま動かないでいると、またヒタヒタと音を立てて、藤丸が牢のすぐ前までやってきた。

邪鬼に囲まれ苦しんでいた時には、真っ白な顔をしていたが、今は血の気を戻していた。大きな瞳が真っ直ぐに夏生を見つめている。思った通り可愛らしい顔付きなのだなと、子どもらしいふっくらとした顔を眺めていた。

「太一以外の人間が来るのは珍しいな」

時々はガラガラと鈴を鳴らし、柏手《かしわで》を打ち、何やら唱える人の声も聞こえたものだが、ここ数日はそれもない。元々人の使う道から外れた、不便な場所に立つ山の神社だ。騒ぎが終われば、わざわざ人の形を持つ妖など、訪ねる用事もないのだろう。

「今日は太一の代わりか？」

恐る恐るといった態《てい》で夏生を窺っていた藤丸が、牢のギリギリまで寄ってきた。格子の隙間から、腕を差し入れてくる。小さな手には、握り飯が握られていた。

「……これ、食って」

夏生のことが恐ろしいのだろう。顔を強張らせ、それでも精一杯腕を伸ばし、夏生に握り飯を渡してくる。

ゆっくりと身体を起こし、夏生も手を伸ばした。小さな手に載った握り飯を受け取る。

「兄ちゃんが、なんにも食わないって、心配してたから」

受け取った握り飯を見つめ、それから藤丸を見上げた。

「最近は、ご供物も全然集まらないから、だから……」

消え入りそうな小さな声で、「それ、食って」と藤丸が言った。

藤丸が見守っている前で、握り飯を口に運ぶ。乾いた飯の粒は干飯だった。ザリザリした食感は決して気持ちのいいものではなく、唾液《だえき》で柔らかくしないと呑み込めないが、それでも久し振りの米の味を、ゆっくりと味わった。

咀嚼している夏生を、藤丸が眺めている。

「お前の飯か？　私に分けてくれたのか？」

「俺は身体が小さいから、そんなに食べないでもいいんだ」

「そうか。ありがとう。美味《うま》いよ」

夏生の礼に、藤丸は嬉しそうに頷いた。その顔はふっくらとしているが、身体は酷く瘦《や》せていた。格子から伸ばしてきた腕も脆《もろ》い木切れのようだった。栄養が足りず、身体が弱いのだと、太一が言っていた。

「仙人様のことをばらしたのは、……俺なんだ」

顔を上げると、藤丸が顔を歪ませて俯いた。

「兄ちゃんに言うなって言われてたのに、俺が、山に仙人様がいるって、村の人に教えちまったんだ……」

川で夏生に助けられた太一は、藤丸にだけこっそりとそのことを教えた。山の奥でひっそりと住んでいる綺麗な男の人と約束したからと、木切れや農具を集めた。それに協力しようとして、藤丸は周りの人にそのことをしゃべってしまったのだと。

「凄い力を持ってる人が、山に住んでるって。川も、山道もひょいひょい飛んで歩く、仙人様が住んでるんだって。川の化け物から、兄ちゃんが助けてもらったんだって、周りに自慢しちまった。そしたら、それは仙人じゃなくて、人に化けた妖じゃねえかって」

初めは話半分に聞いていた連中の一人が、この神社に伝わる伝承を思い出した。人に変化できる妖は、強大な力を持つと聞く。その仙人という男も妖に違いない。それを捕らえ、祀ったらいいんじゃないか。……何より、そんな得体の知れない者が山にいるのは恐ろしい。

以前、町で行商人の親子に起こった事件も、話に輪を掛けた。

「兄ちゃんは反対したんだ。悪さをするような人じゃない、妖にも見えなかったって。きっと、山で修業を積んだ仙人なんだって。……けど、そしたら連れてきて証明してみせろって言われて」

二度目に川に来た時には、夏生が妖ではないと証明するために、太一は話をしに行ったのだと藤丸は言った。夏生を説得し、村に連れて行けば納得してもらえる。薬の行商の話は、そんな中での思いつきだったが、案外本気で太一は考えたのではないかと、藤丸の話を聞いて、夏生は思った。

そうして夏生に会い、話をしようと思った矢先、壱ノ護が飛び込んできてしまった。壱ノ護に脅され、逃げ帰った太一の怯えた様子に、村人たちの危機感が俄《にわ》かに高まってしまったのだ。

「そんな恐ろしい犬を連れた人なんか、山に住まわせておけない。やっぱり人間じゃない、妖だって騒ぎ出して、それで……」

村の会議に呼び出された太一は、再び夏生をここにおびき寄せる先鋒《せんぽう》を言い渡された。犬が側にいなければなんとかなる。だから夏生を騙し、夏生一人を連れてこいと命令された。

「兄ちゃんは苦しんでいる。酷いことをしちまったって。兄ちゃんは悪くない。……俺が全部悪いんだ」

すべては自分のせいだと、幼い弟が必死に兄を庇う。

夏生と交渉できるのは太一しかおらず、皆危険な役を太一一人に押しつけた。そしてそれを拒むと、今度は藤丸を人質にして、どうしても言うことを聞かなければならないようにした。

「仙人様を守っていた犬を捜して、今も時々、村の人が山に入っている」

猟師たちと結託して、四方の山々では山狩りが行われていると藤丸が言った。

「犬は……見つからないか？」

「何処にも、いないって。罠《わな》にも引っ掛からないし、たぶん遠くに逃げたんだろうって」

「そうか……」

「兄ちゃんが、一生懸命頼んでんだ。仙人様を解放してやってくれって。けど、……駄目だって。復讐《ふくしゅう》されたらおっかねえから、勝手に逃したりしたら酷い目に遭わすぞ……って」

成り行きを話す藤丸は苦しそうで、握られた小さな拳が震えていた。

「……百年経っても何も学ばないのだな、人とは」

村人の暴挙の根源は、紛れもない恐怖だ。神社を襲い、夏生たちをも攻撃したあの時と、何も変わらない。得体の知れない者を野放しにしておけない。騒ぐだけ騒いで、自ら恐慌を来《きた》す。

「仙人様……」

そして自分たちの都合のいいように過去をねつ造し、喉元を過ぎてしまえば、あとはほったらかしだ。

「私は仙人ではない。まして土地神などでもないよ。お前たちの信じる、里の伝承という話も、嘘だ」

干飯の礼に、夏生はこの神社で起こった本当の話を聞かせてやった。

母がどんな仕打ちを受け、ここで殺されたかを。父と夏生が何をされ、追い詰められたかを。母を犠牲にしてここから逃れ、それからどんな生活を送ったかを。

村人たちがここを襲う前には、どれだけ平和で、幸せな生活をしていたのかを。

「旅人にそそのかされたなどということはない。すべては村人のしたことだ。神社の巫女が滅ぼされ、その後この村に厄災が訪れたのだとすれば、それは因果応報というものだ」

小さな子どもには難しいだろう夏生の話を、藤丸は大人しく聞いていた。格子の前で膝を抱え、ちんまりと座っている。

開け放した扉の向こうから、夏の日差しが射し込んでいた。ピチュピチュと鳥の声が遠くに聞こえる。そういえば、ここに住んでいた頃も、よく鳥が遊びに来ていた。今もあの鳥居に羽根を休めに来るのだろうか。

「藤丸。これを軒下に撒いてくれるか」

藤丸にもらった干飯の欠片《かけら》を受け取ってもらう。

渡した時と同じように格子に手を差し入れ、飯粒を手に載せた藤丸が、夏生の頼み通りにそれを出口に撒いた。

「たまに野菜の切れ端でいいから撒いてくれ。鳥の声を間近で聞くことができたら、嬉しい」

ここから出られないのなら、せめて鳥の声を慰めにしたい。

夏生の要求に、藤丸は無邪気な笑顔を作った。

「また来る。米粒とか、果物とか持って。兄ちゃんにも言っておくから」

やってきた当初の怯えた表情は消えていた。兄思いの幼い子どもの申し出に、夏生も「ああ、頼む」と穏やかな声を出した。

「藤丸は、太一のことが大切なのだな」

夏生の声に、藤丸がコックリと頷いた。太一にとっても、藤丸は何にも代え難い存在なのだろう。

「私にもいる。お前と同じ、とても大切な者が」

兄弟のように育ち、常に側にいて、どんなことがあっても夏生を守るのだと、ただひたすらにそれだけを思い、寄り添っていた犬。

夏生が消え、あれは今どうしているだろう。野山を駆け回り、必死に夏生を捜し回っているのだろうと思う。夏生の名を呼び、咆哮し、何処までも走り、夏生を捜しているのだろう。


壱ノ護の声が聞こえた気がして目を開けた。

夢を見たのか。壱ノ護の遠吠えを聞いた気がしたのだ。じっと耳を澄ますが、もう聞こえてこない。

目の前には林檎《りんご》が一つ転がっている。幾日か前に藤丸が持ってきてくれたものだ。林檎は萎《しな》びて、皮に皺が寄っていた。腹も減らないし、何も食べたくない。

夏が過ぎ、たぶん今は秋だ。空気が冷たい。寒さは苦痛ではないが、壱ノ護の毛皮が恋しいと思う。

緩慢な動作で起き上がり、硬く冷たい板の間に胡坐をかいた。

身体に力が入らない。体力が減っているのを感じた。それは妖力なのかもしれないが、よく分からなかった。これだけ長い間、一人でいたことがなかったから。

本殿の扉がほんの少しだけ開いていた。藤丸がここを出ていく時に、こうして外が見えるようにしてくれるのだ。出入りをするのは太一と藤丸だけで、他には誰も訪れない。

扉の隙間から、夏生の前にあるのと同じ、林檎の欠片が置いてあるのが見えた。

約束通り、藤丸は本殿の軒下に鳥のための餌を撒いてくれた。それを目当てに鳥が毎日やってくるが、今は姿がない。たぶん自分たちの巣に戻ったのだろう。

花冠を頭に載せ、鳥に啄まれていた壱ノ護の姿を思い出す。人間の姿なのに、三角の耳だけ出ていた。熱い物を口にした時は尻尾が生えた。

洞窟で甘えられた夜。自分の大きさを忘れ、夏生の上に乗り上げ、ウットリと目を閉じていた。

夏生の唇を欲しがり、何度も「もういちど」と言って、重ねてきた。

髪に花を挿してくれた。萎れる前に帰ってくると、大きな笑顔を見せてくれた。

壱ノ護と過ごしたいろいろな出来事を思い出し、僅かに微笑む。

随分長い間、あの犬と一緒にいた。この神社で生まれ育ち、ここを追われ、父と過ごした時間よりも、遙《はる》かに長い時を壱ノ護と過ごしている。人間からすれば気の遠くなるような時間だが、ここに一人で幽閉されている数ヶ月のほうが、ずっと長く感じる。

これからも、こんな風に自分はここに閉じ込められたまま、退屈な時間を過ごさなければならないのだろうか。太一が死に、藤丸がいなくなって、誰もここを訪れなくなっても、夏生は一人、ここで過ごさなければならないのだろうか。

することもなく、扉の隙間から見える空が茜色《あかねいろ》に染まっていくのを眺めていると、すっとそこに影が射した。小さな手が扉に掛かる。

「夏生様」

開かれた扉の向こうから、藤丸が入ってきた。牢に転がる林檎を見つけ、悲しそうな顔をした。

「また全然食べてない。少しでも食べないと……」

「私は食べなくても平気なのだよ」

「でも……」

ほとんど何も口にせず、日に日に痩せていく夏生を、藤丸が心配する。

「私はいいから。藤丸、この林檎もお前が食べるといい」

村人は夏生の世話を兄弟に丸投げし、近寄りもしない。供物も集まらず、藤丸は夏生のために自分の食事を運んでくるのだ。それも干飯や干し芋、萎びた林檎などで、藤丸自身、決して腹いっぱい食べられているとは思えない。

田畑を持たない貧しい兄弟は、集落の手伝いをし、その対価に僅かな食料を分けてもらっているらしかった。

「こんな時間にどうした？　もうすぐ日が暮れる。暗くなったら山道は危ないぞ」

「うん……」

藤丸は曖昧な返事をしたあと、もじもじと背中に隠していた花を差し出してきた。半八重の白い小花はヨメナギクだ。

「お供《そな》えがなんも……なかったから」

食べない夏生を心配し、何か運んできたくても、何も用意できなかった藤丸は、せめて目の慰みにと、花を摘んできたのだ。

「……綺麗だな。近くに咲いているのか？」

控えめな花をつけている秋の野草を眺め、夏生は目を細めた。

「うん。来る途中にたくさん咲いていた。木の実か、アケビでも採れるかと思ったけど、採れんかった」

残念そうに報告し、夏生が花の差し入れに喜んだ様子を見て、藤丸がはにかんだように笑った。

「そうか。アケビは高いところにあるからな。こんな時間まで探して歩いていたのか」

「うん。今度見つけたら、兄ちゃんに採ってもらう」

夏生が自由の身なら、アケビのなる場所に案内してあげられるのにと、優しい子どもの笑顔を見つめた。

花のお供えに礼を言い、暗くなる前に帰るように促す。また来ると言い残して、藤丸が帰っていった。

収穫の時期に入り、兄の太一は忙しいのだろう。代わりに藤丸が足繁《あししげ》く通ってくる。自分のせいで夏生をこんな目に遭わせたという罪悪感に苦しみ、それでも村の人々に刃向かうこともできないという板挟みの状態で、少しでも夏生を慰めようと、こうして通ってくる。

自分のせいだ、兄は悪くないと、弟は懸命に兄を庇い、兄は弟を救うために心を鬼にした。

寄り添うように生きてきた兄弟の絆《きずな》の強さを思い、同時に壱ノ護を想う。

あの頃は壱ノ護の強引なまでの過干渉が鬱陶しかった。いつも夏生の要求を跳ねのけられ、不自由な思いをしていたはずなのに、壱ノ護のいない一人の空間は、こんなにも不安で、寂しい。

自分勝手で傍若無人な壱ノ護の態度に折れ、仕方がないと諦め、自分が甘やかしているつもりが、実はそうではなかったのだと、今になって思う。

守られていたのは身体ばかりではなかった。身も心も、夏生は壱ノ護にすべてを預け、甘えていたのだ。

言葉の足りない壱ノ護に、犬だからと諦めた振りをして、言葉を惜しんでいたのは夏生のほうだった。聡《さと》い壱ノ護が言葉を覚え、知恵をつけ、いつしか夏生を必要としなくなるのが、怖かったのだ。

山に籠り、主人と飼い犬の関係を強要し、壱ノ護を縛りつけていたのは、自分だ。

「壱ノ護……」

呼べば何処からでも飛んできてくれた。常に夏生の側にいて、離れている時でも壱ノ護の妖気が身の内にあった。今は声も届かず、夏生の中は空虚だ。

壱ノ護は今どうしているだろうか。まだ夏生を捜し、山々を駆けているだろうか。

会いたい。壱ノ護に会いたい。真っ白なフカフカの毛皮に包まれ、安心して眠りたい。夏生の名を呼ぶ、壱ノ護の声が聞きたい。

壱ノ護の唇が恋しい。あの褐色の肌に触れたい。触れられて、可愛がられたい。夏生を喰いたがる壱ノ護に、何度でも与えたい。与え、甘えられ、甘やかされたい。

そして伝えたい。お前のことが何よりも大切なのだと。

扉の外は大禍時《おおまがとき》に変わっていた。

気が付くと、本殿の扉の隙間に、鳥が一羽佇《たたず》んでいた。雀《すずめ》ほどの大きさで、羽根は真っ白だ。橙色《だいだいいろ》のくちばしを持ち、ほんの少し首を傾げ、白い鳥が夏生を見ている。

「今日は遅くに来る客が多いな。宵闇が迫っているぞ。休みに来たのか?」

ここに餌を啄みに来るいつもの鳥とは違っていた。南に渡る途中に寄ったものだろうかと、怖がらせないように優しく声を掛けた。

白い鳥は何度か首を傾げ、それからチョンチョン、と飛びながら、中へ入ってきた。牢の前に置かれている、藤丸が生けてくれた白い花を啄んでいる。

「花がいいのか？　表に林檎があるよ」

外にある林檎には興味を示さず、花の茎をくちばしで挟み、それを引き摺りながら、またチョンチョンと板場の上を飛んで歩いている。

「林檎よりも花が好きとは珍しいな」

久し振りに側まで寄ってきてくれた鳥の姿を眺め、花を咥えたまま飛び回っているのを和やかな面持《おもも》ちで眺めていてふと、あることを思いついた。

「……お前に頼みがある。少し待ってくれないか？」

思案した末に、そろそろと格子に手を伸ばした。木に指先が触れた途端、バチンッ、と弾かれ、そこが火傷《やけど》をしたように熱くなる。

護符の威力はここに連れられてきた時から変わらず、夏生を拒み続けていた。長い時間は触れていられない。そんなことをすれば、あの邪気たちのように夏生も消し飛んでしまうだろう。

それでも、この機会を逃したくなかった。

ビリビリとした感覚に、肌が粟立《あわだ》つ。格子の間際まで近づき、息を吸った。何度も挑めない。意を決して腕を伸ばした。

牢の前にある花に向かい、思い切り伸ばした腕が格子を潜《くぐ》る。さっきよりも激しい破裂音と、焼けるような痛みが走った。唇を嚙み締め、痛みに耐える。目の前にある花を掴み、腕を引いた。

たったこれだけの作業で疲れ果て、額からは汗が噴き出ていた。格子に触れた腕からは煙が上がり、赤い筋がついていた。はあはあと息を継ぎ、強張った掌を開く。

「待っていてくれ。頼む。行かないでくれよ」

花を咥えた白い鳥は、まだそこにいてくれた。夏生のすることを、格子の向こうからじっと見つめている。

どうか逃げないでくれと祈りながら、必死の思いで手にした花の茎を摘む。指先が震え、何度か花を取り落とした。

細く長い茎を輪にし、先端を潜らせる。ちぎれないようにそっと引っ張ると、茎の端に小さな玉が一つ、出来上がった。

「これを、白い山犬に届けてくれ。場所は分からない。だが、何処かの山にいるはずだ」

もう一度、火傷の痛みに耐えながら、茎の端を結んだ花を格子の間から差し出す。ポトリと床に落ちたそれを、白い鳥が見ていた。

「それを、運んでくれ。見つからなかったら、また来てくれないか？　同じものを持たせよう。とても大きな犬だ。それを見せたら私のしたことだと、きっと分かるから」

夏生の妖力は護符によって阻まれている。鳥に夏生の言葉が通じているかは分からなかった。それでもできることはそれしかなく、夏生は懸命に一羽の小さな鳥に願いを託した。

「お願いだ。それを壱ノ護のところまで届けてくれ。そして、この場所を伝えてくれ」

鳥は相変わらず床の間を飛び回り、首を傾げ、夏生を見る。

「壱ノ護に……会いたいんだ。お願いだ。ここに連れてきてくれ」

やがて床に落ちた花に近づき、鳥がそれを啄んだ。端の結ばれた白いキクの花を咥え、飛び立っていくのを見送った。


牢の板の間に正座し、気配を待っていた。外は雨が降っている。秋の長雨だ。

パサリ、と軽い羽音がして目を向けると、白い鳥の姿が見えた。いつものようにチョンチョンと飛びながら、本殿の中に入ってくる。

「今日も来てくれたか。雨なのに、悪かったな」

羽根についた水分を弾くように身震いしている鳥に語り掛ける。

「また見つからなかったか。何処を走っているのだろうな……」

茎の端に一つ玉を作った花を、来る度にこの鳥に託していた。夏生の差し出すそれを、鳥は心得たようにくちばしに咥え、飛んでいく。

壱ノ護が見れば、それが夏生の便りなのだと必ず気が付く。そうすれば、鳥の案内でこの場所が分かるはずだ。それだけを希望に、夏生は毎日待っていた。そして白い鳥は、今日も誰も連れずに一羽だけでここに来る。

サア……、と細かい雨の音が外から聞こえていた。鳥はしばらく夏生の側で雨宿りをしたあと、夏生の託した花を咥え、本殿から出ていった。

「頼んだぞ。壱ノ護を見つけてくれ。そして伝えてくれ。私はここにいると」

荒れた指先と、赤い痕《あと》が幾筋も引かれた腕を見る。護符の格子に触れる度、傷が増えていた。あと何度、この格子を通して花を渡せるだろうか。

強力な結界が張られたそこに腕を通す作業は、壮絶な痛みを伴った。そしてそれをする度に、妖力が削られていく。このままこれを続ければ、いつか夏生はすべての妖力を使い果たしてしまうだろう。

そうなる前に壱ノ護に夏生の居場所を知らせ、ここから連れ出してほしかった。

何もしないでいても、徐々に夏生の妖力は目減りしていくのだ。消えていく日をただ待っていても何も変わらず、壱ノ護は夏生の居場所が分からないまま、永遠に捜し続けるだろう。

それならば、自分は見つけてもらう努力をしなければならない。

希望を捨ててはいけない。

本殿の扉が開き、太一が姿を見せた。笠の雨粒を払い、夏生の前にやってくる。格子のすぐ側に立ち、中にいる夏生の様子を窺うようにじっと見つめ、それから包みを渡してきた。荷物を受け取る夏生の腕の火傷痕を見て一瞬眉を顰《ひそ》めるが、太一は何も言わず、その場に胡坐をかいた。

包みの中には焼いた川魚と、蒸《ふ》かした芋が入っていた。それから「ああ」と思い出したような声を出し、花のついた野草を床に滑らせ、牢の中に入れてくれた。

太一も藤丸も夏生が何をしているのかを知らない。

人がここにいる時には、鳥は決してやってこなかったし、夏生からも何も言わなかった。壱ノ護がこの場所を知り、夏生を連れ出した時、太一たちが何かを知っていてはいけない。夏生がいなくなれば、太一が手引きをしたのだと、きっと責められるだろう。だから夏生は何も言わず、太一たちは何かを感じながら、それでも聞かないでいてくれるのだ。

ただ黙々と夏生に供え物の食料と花を運び、そうしながら夏生の変化を見守っている。

膝の上に包みを広げ、ゆっくりとした動作で芋を口に運んだ。芋は小さく、恐らく収穫して避《よ》けられた残りを分けてもらってきたのだろう。川魚は太一が自分で獲ってきたものだろうか。

「……もうしばらくしたら、米が収穫できる。そしたら握り飯を持って来てやるから」

粗末な食事を黙って口にしている夏生に、太一が言った。夏生の横顔を覗く表情が憂いている。

以前は何も食べない夏生を太一は気遣っていた。だが、食べるようになっても夏生の様子は変わらず、それどころか日々衰弱していく。

元々白かった肌は色を失い、身体も薄くなっていた。傷だらけの腕も足も細くなり、少し力を加えれば、簡単に折れてしまいそうなほどだ。

「雨が早く上がってくれるといいんだが」

稲が濡れているうちは収穫ができない。見えない雨を確かめるように太一が天井を仰いだ。

独り言のような太一の呟きを聞きながら、夏生は黙々と食料を口にした。消耗の激しい身体を、食べることで少しでも補うためだ。

壱ノ護が夏生を見つけるその日まで、生きていなければならない。一日でも長く、ほんの少しでも希望があるうちは。

消えてしまいたいと願っていたことが嘘のように、夏生は今、生き続けることに執着していた。

死にたくない。消えてはいけない。

壱ノ護に再び会うまでは。

……ゥォォォオオオ……ン。

ハッとして耳を澄ます。

「壱ノ護……?」

立ち上がり、もう一度その声を聞こうと上を向いた。急に立ち上がった夏生に、太一が驚いたように目を見開いた。

「どうした？　何か聞こえるのか？」

夏生を真似て耳を澄ますが、太一には屋根を叩く雨音しか聞こえないらしく、小首を傾げている。

オォオオ……ン、とまた声がした。空耳ではない。雨音に混じり聞こえてくるのは、確かに待ち望んでいた者の呼び声だ。

「壱ノ護」

見つけたのだ。夏生の託した便りを壱ノ護は受け取り、やってきたのだ。

尾を引くような遠吠えは悲しげで、嗚咽《おえつ》のようにも聞こえた。夏生を呼び、叫びながら泣いている。百年近くも一緒に過ごしていて、初めて聞く壱ノ護の泣き声だった。

遠吠えは間断なく続き、夏生のいる場所に近づいてくる。同時に雨足も強まってきた。壱ノ護が雨を連れてきているようだ。

壱ノ護を迎えに行こうと格子に近づく。護符に阻まれ、火花と共に夏生の身体が後ろに弾かれた。床に膝をつき、すぐさま立ち上がろうとするが、足に力が入らなかった。

「……壱ノ護……、私はここだ」

手をついたまま這うようにもう一度格子に近づく。雨足はますます強まり、遠くでは雷鳴も響いていた。

すぐ近くにいる。もうすぐここへやってくる。

「壱ノ護――――っ！」

ドォオン、という凄《すさ》まじい音と共に本殿の扉が開いた。強い雨風が吹き込んでくる。顔を叩く雨に邪魔されながら、夏生は必死に目を凝らした。

真っ黒な塊が目の前にいた。泥にまみれ、形も分からないほどに汚れている。ダラリと垂れ下がった舌だけが異様に赤く、そこからハ、ハ、と荒い息を吐いていた。

「壱ノ護……」

毛は溶けたようにドロドロで、白い部分は何処にもなく、胸の十字文様も見えなかった。身体は酷く痩せこけ、目の色は澱《よど》んだ灰色だった。

変わり果てた壱ノ護の姿に驚き、気を抜いた瞬間、護符の結界に再び弾き飛ばされた。牢の奥に転がる夏生を見た壱ノ護が、激しく吠えながら夏生のいる牢檻に突進してきた。

ギャイン、と叫んで壱ノ護が吹き飛ぶ。床に叩きつけられ、ヨロヨロと起き上がった。覚束ない足取りで、またぶつかってくる。檻《おり》が破れないと見ると、檻の前をうろつき、次には猛然と吠え立て、前足で格子を掻き始めた。

壱ノ護の足から煙が上がった。焦げ付くような匂いが部屋中に広がっていく。

「壱ノ護。落ち着け。壱ノ護！　……どうした。私の言葉が分からないか……？」

闇雲に暴れている壱ノ護に叫ぶが、搔くのを止めない。煙はますます立ち上り、火花が飛び散る。再び壱ノ護が弾け飛んだ。

「壱ノ護！」

吹き込んできた雨は、ここだけに集中しているようなどしゃ降りに変わっていた。

入り口近くまで飛ばされた壱ノ護が立ち上がる。濡れそぼった身体は骨が浮き、床を摑む四肢《しし》は、崩れ落ちそうになるのを堪え、ブルブルと震えながら辛うじて踏ん張っているようだ。

「壱ノ護……」

弱っているのだ。

どれだけ長い間走り続けていたのか。どんな方法を使い、何処まで夏生を捜していたのか。離れていた期間、壱ノ護がどのように過ごしていたのかは分からない。だが、護符に弾き飛ばされ、夏生を助けることができないほど、壱ノ護は弱っている。

それでも夏生が鳥に託した便りを受け取り、一気に駆けてきた。そして今夏生を取り戻そうと、衰弱しきった身体を奮い立たせ、必死に体当たりをしている。

飛び込んできた壱ノ護の姿を見た太一は、本殿の隅でへたり込んでいた。格子に近づこうとしては弾き飛ばされている壱ノ護を、声も出ないまま見つめていた。

「いたぞ！　やっぱりここだった。中にいるぞ！」

声と共に人の足音が近づいてきた。開け放たれた本殿の扉から大勢の顔が覗く。牢檻の前にいる壱ノ護を認めると、大声で加勢を呼んだ。

「こっちだ！　早く。逃がすな」

夏生の便りを受け取った壱ノ護は、なりふり構わず走ってきたのだろう。遠吠えをしながら疾走《しっそう》する山犬の姿を見咎《みとが》め、村人たちは追ってきたに違いない。

鍬《くわ》などの農具や刺又《さすまた》が一斉に壱ノ護に向かって突き出された。

壱ノ護が唸り声を上げ、姿勢を低くした。足を踏ん張り、精一杯の威嚇をしながら夏生の姿を隠すように立ちはだかっている。

「退け。俺が仕留める」

入り口を塞いでいた人の波が割れ、銃を持った男が現れた。壱ノ護に照準を合わせ、男が身構える。

「っ、止めろ！　撃つな！」

結界の存在を忘れ、夏生は格子に縋り付いた。差し出した腕から煙が上がるが、熱さも痛みも感じなかった。

銃口を向けられても壱ノ護は怯まなかった。夏生の前に立ち、人間を追い散らそうと激しく吠え立てる。

「止めてくれ。撃つな。壱ノ護、もういい。逃げろ！　壱ノ護、壱ノ護っ、壱ノ護――っ！」

ズガァン、と爆音が鳴り、辺りに硝煙が立ち込めた。

――ドゥ……ッ、と大きな身体が床に倒れる。

「あああああああっ、壱ノ護――っ！」

喉が切れるほどの悲鳴を上げ、格子を摑む。精一杯伸ばした腕は壱ノ護に届かず、それでも諦めることができずに更に伸ばした。横倒しになった壱ノ護は、もがくように前足を掻き、必死に起き上がろうとしていた。

そんな壱ノ護に止《とど》めを刺そうと、再び銃口が向けられた。

「もう止めてくれ。死んでしまう。壱ノ護、壱ノ護……っ！」

その時、入り口の人だかりから、藤丸が飛び込んできた。小さな身体が転がるように板の間を走る。両手を広げ、倒れている壱ノ護を庇うように被さった。

「藤丸っ！　危ねえ！　戻れ、藤丸っ！」

太一が叫び、藤丸と壱ノ護の側に駆け寄る。

「もう止めてあげて！　このままじゃあこの犬も、夏生様も死んでしまう」

恐怖に身体を戦慄《わなな》かせながら、藤丸が叫んだ。涙でくしゃくしゃになった顔で、必死に壱ノ護を庇っている。

「兄ちゃん、夏生様を出してあげて、その紙を破いて。夏生様が燃えてしまう」

我を忘れて結界に触れてしまった夏生の身体もボロボロになっていた。腕も顔も火傷で赤く膨れ上がり、煙が立ち上っている。

「兄ちゃん！　護符を全部剝がしてっ！　早く、夏生様を出してあげて」

身体を震わせながら、藤丸が叫ぶ。

「兄ちゃん、お願い！　兄ちゃん、兄ちゃんっ」

太一は立ち上がると、檻に貼られた護符を破き始めた。

「……何をする」

「太一、止めろ。藤丸もこっちに来い」

「退け！　藤丸、危ねえぞ！」

本殿の入り口から次々と怒号が飛び、だが藤丸も太一も村人の言うことを聞かなかった。

檻に掛かった錠を摑み、太一がガチャガチャと振った。鉄の閂《かんぬき》はビクともせず、閂を壊そうと懸命に叩いている。

「誰か！　鍵をくれ、早く」

太一の声に「無茶だ」と誰かが叫び、続いて非難の声が上がった。

「出したらただじゃ済まねえぞ」

「化け物の味方をするのか！」

人々の罵声に、太一が振り返った。

「この人は敵じゃあねえ！」

割れるような大声に気圧され、村人が黙る。肩で息をしながら、太一が入り口に佇む村人を睨んだ。

「夏生を捕まえて閉じ込めて、村に何か良いことが起きたか？　その前に起こった悪いことだって、夏生が何かやったわけでもねえだろうが。あんたらが祈禱師呼んで、妖を操って、俺の弟を……、藤丸を苦しめたんだろうがっ！」

雨音に混じり、太一の声が響いた。

「不作も厄災も、物の怪のせいなんかじゃねえ。呼び込んだのは俺ら自身だ。夏生をここに閉じ込めたって、何も変わらない。敵だとか味方だとか、関係ねえだろ。なんで二つに区別するんだ！」

人々は戸惑った表情でお互いの顔を見合わせ、だが誰も動こうとはしない。

「開けてやってくれよ！　早くっ！」

藤丸に庇われている壱ノ護は立ち上がろうと尚ももがいていた。苦しそうに息を継ぎ、横たわったまま、泳ぐように前足を動かしている。

「……お願いだ。私をここから出してくれ。側に……、壱ノ護の側に行かせてくれ。殺さないでくれ。壱ノ護、大丈夫か？　壱ノ護！」

夏生の呼び掛けに、壱ノ護が頭を擡《もた》げ、クゥ……ンと甘えるような声を出した。身体を起こそうと、懸命に前足を掻いている。

「出してくれ。……もう止めてくれ。私からそれを奪わないでくれ。壱ノ護……、壱ノ護、壱ノ護……」

大切なのだ。壱ノ護が消えてしまったら、もう……生きてはいけない。

「……壱ノ護、……っ」

その時、地響きと共に、地面が揺れた。建物が軋《きし》み、地鳴りが増す。

突然のことに、人間たちは悲鳴を上げながら頭を押さえ、ひれ伏した。

雷鳴が轟《とどろ》く。目が潰れるような閃光《せんこう》が走ったかと思うと、ドガァ……ン、と凄まじい音が鳴り響いた。

——静寂が訪れる。

白く、煙《けむ》ったような視界の中、ぼう、と青い焔《ほむら》が立ち上がっている。

「壱ノ護……」

横たわったままの壱ノ護が、青火に包まれていた。ゆらゆらと揺らめく焔は、まるで壱ノ護を守っているように見えた。

見覚えがある。あの焔は……。

「……母上」

本殿の外で再び音が鳴った。激しく木々が擦れあい、悲鳴のような音が聞こえる。

「山が怒っているんだ。誰か……、早く鍵を……っ」

地面の揺れで均整を失い、尻もちをついていた太一が叫んだ。

ガシャンという音を立てて鍵が投げ込まれた。床を滑ってきたそれを掴み、必死の形相で太一が牢に近づく。

鍵が差し込まれ、閂が抜かれた。

「壱ノ護！」

牢から飛び出し、壱ノ護の元へ走った。両手を広げ、横たわっている壱ノ護の首を抱く。

「壱ノ護。……平気か？　壱ノ護、壱ノ護！」

壱ノ護を包んでいた焰は消えず、夏生も一緒にその中にいた。

痩せ細った壱ノ護の身体を撫で擦《さす》り、怪我の場所を探すが、撃たれたはずの傷が見つからなかった。泥にまみれていた毛はいつの間にか洗い流したように白くなり、胸の十字の文様が浮かび上がっていた。

「夏生様の火傷が……治っていく」

藤丸の声が聞こえ、夏生は自分の身体も確かめた。結界に触れ、焼けたはずの自分の肌にも痕一つ残っていない。

驚いている夏生の手の甲を、壱ノ護がひと舐めした。

「なつ、お……」

金色の瞳と、金の文様を胸に浮かばせた壱ノ護が、夏生を見上げている。

「ああ。壱ノ護。……言葉を思い出したか」

「な、つお、……夏生」

嬉しそうにハ、ハ、と息を弾ませている壱ノ護に、夏生も微笑んだ。

青い焰に包まれている二人を、村の人たちが声もないまま眺めている。牢を開けてくれた太一は藤丸を抱き寄せ、目を見開いたまま、やはり何も言わずに夏生たちを見つめていた。

「待っていたぞ。お前が迎えに来るのを」

夏生の声に、壱ノ護が、オン、と返事をした。前足を揃え、嬉しそうに尻尾を揺らしている。

「行こうか。壱ノ護」

夏生の声に、壱ノ護が立ち上がった。しっかりとした足取りで、夏生にぴったりとついてくる。

二人寄り添ったまま本殿の出口に向かった。左右に割れた人の間を静かに進んでいく。

何ヶ月か振りで外に出た。雨は忽然《こつぜん》と止んでいた。上空に大きな月があった。

温かい焰がまだ二人を包んでいる。ふ、と身体が軽くなり、気が付くと、夏生は壱ノ護と共に、空に浮いていた。眼下には、あんぐりと口を開け、夏生たちを見上げている村人の姿が見える。

空に浮かびながら夏生が今出てきた神社の本殿を見下ろした。建物の横にある、焼け焦げたカヤの大樹が、根こそぎ倒れていた。

焼け落ち、切り倒されながら、年月を掛けて芽を出していたのだろうか。少しずつ育んだ命を、母は再び夏生のために使ってくれたのだ。

「太一、藤丸」

名前を呼ばれた二人が飛び出してきた。

「あれを……、頼む。土に戻し、生き返らせてくれ」

横倒しになっているカヤの樹を指す。夏生たちを見上げている二人に、母のことを託した。

抱き合ったままの兄弟が、強く頷く。

クゥン、と声が聞こえ、手の甲を再び温かい舌で撫でられる。

「ああ。そうだな。行こう、壱ノ護。……よく迎えに来てくれたな」

褒めてやり、頭に手を置いた。耳を触り、柔らかい産毛《うぶげ》を撫でる。久々の感触を確かめる夏生に撫でられながら、壱ノ護も目を細めた。

「夏生……、のれ」

促され、大きな背中に跨《また》がると、真下に見える風景がどんどん小さくなっていった。

月が近づく。壱ノ護の首を抱き、空の上を運ばれていく。二人を包んでいた焔は消えていた。壱ノ護の白い身体が月明かりに照らされ、光っていた。

上空を滑るように走り、やがて下降していく。

綺麗な裾野《すその》を広げた高い山の中腹に降り立った。万年雪で化粧された頂上に、満月が載っていた。二人が降りた草原は、一面のすすきの原だった。

「夏……生」

背から下りた夏生の手の甲に、壱ノ護が鼻を擦り付けてきた。

「壱ノ護」

強く首を抱き、白色の毛皮を撫でてやる。

「ずっと……私を捜していたのか?」

本殿に飛び込んできた時の壱ノ護は、ドロドロに汚れ、骨が浮くほどに痩せこけていた。何ヶ月もの間休まずに走り続けていたことを証明するように、足の爪も割れていた。

「ずっと捜していた。山をなんどもおうふくしたぞ。夏生の匂いも、声もなくて、どこに行ったのか、わからなくて、ずっと、遠くのほうまで捜した」

「そうか」

「しろい鳥が、花を持ってきた。おれが最初に作ろうとした、花かんむりと同じのを、持ってきたんだ」

「ああ、そうだ。お前ならきっと分かると思って、鳥に託した」

「すぐに分かった。夏生がおれを呼んでるって、すぐに分かったぞ。だから飛んでいった」

諦めないでよかったと、心から思う。

再び会えることを信じ、希望を捨てずにいて本当によかった。

「ずっと……捜したんだぞ。なんども、なんども、呼んだんだぞ、……痛かった。夏生がいないあいだ、おれはとても、……痛かった」

夏生を見失って痛かった。声が聞こえなくて痛かった。捜しても、捜しても見つからなくて痛かった。

感情を伝える言葉を持たない山犬は、それでも自分がどれほど嘆き、どれほど辛《つら》い思いをしたのかを懸命に訴えてきた。

「私もだ、壱ノ護。……寂しかった」

「さびし、かった……？」

「ああ、寂しかった。お前に会いたくて、お前が側にいないのが寂しくて、お前が恋しかった」

「こいしかった」

夏生を真似て、壱ノ護が同じ言葉を返してきた。

「夏生、おれも、寂しかった、夏生が恋しかった。夏生、夏生、……夏生」

覚えたての言葉を繰り返し、壱ノ護が何度も夏生を呼ぶ。その合間にも、ォン、ゥォオン、と切なげな泣き声を上げている。

「壱ノ護、怪我は平気か？　よく見せてみろ。銃で撃たれただろう？　本当に、傷は……ないのか？」

銃弾を撃ち込まれ、倒れていく壱ノ護の姿が脳裏《のうり》に蘇る。

迎えに来てくれたと喜んだのも束の間、壱ノ護は人間の作った結界すら破れないほど、弱っていた。その上銃弾で倒れ、その姿を見た時は、あのまま壱ノ護が死んでしまうのではないか、永遠に失ってしまうのではないかと、本当に怖かったのだ。

「何処もなんともないか……？　壱ノ護……」

苦しみながらも懸命に起き上がろうと前足を掻いていた光景と、あの時の恐怖を思い出し、ほろほろと涙を零す夏生を、壱ノ護が見上げてきた。

「夏生……、どうした？　どこが痛い？　夏生、夏生」

自分も泣きそうな声を上げて、壱ノ護が夏生の濡れた頬を舐めてくる。

「泣くな、夏生……、舐めてやるから。どこだ？　どこにけがをした……？」

キュウキュウと鼻を鳴らし、壱ノ護が夏生を心配する。

「大丈夫だ。怪我などしていないよ。私のほうこそ、お前に怪我がなくて、お前が消えてなくならなくてよかったって、……嬉しくて泣いているんだ」

涙を流しながら笑顔を作ると、壱ノ護は安心したように、大きな身体を預けてきた。

「夏生、おれは平気だ。今はどこも痛くないぞ。だから泣くな、……夏生」

単純で一途で、馬鹿みたいに夏生のことだけを想っているくれる山犬が、とても愛《いと》しい。

夏生に甘え、凭れてくる滑らかな毛皮を優しく撫でながら、壱ノ護の鼻先に唇を押しつけた。

「夏生……」

黒々とした瞳が夏生を見つめてきた。乱暴な仕草で甘え、傍若無人に我を通しているようで、壱ノ護はこうして常に夏生の瞳を覗き、夏生が何を望んでいるのかを、懸命に汲《く》み取ろうとしている。

妖を喰い、取り込んだのも、人の姿に変化したのも、すべて夏生が望んだことだった。夏生の声を聞き、言葉を覚え、懸命に真似る。今も夏生のどんな些細《ささい》な望みでも叶《かな》えてやろうと、夏生を見つめてくるのだ。

「……まる」

腕を引き、壱ノ護の首に歯を当て、甘噛みする。壱ノ護がいつも夏生にする合図を、自分から仕掛けた。

望んでいたものは、すべて手の中に戻ってきた。あの暗い牢檻の中で一人きりで閉じ込められていた時の、寂しさや空虚が満たされていく。

だけどもっと欲しい。もっと満たされたいという願望が湧き上がる。

「お前に……喰われたい。壱ノ護、お前が欲しい」

「夏生……」

身も心も、すべてこの獣で埋め尽くされたい。

「お前と一つになりたい。お前と、……まぐわいたい」

欲望をそのまま口にする。一途に夏生を想ってくれるこの獣に、言葉を惜しんではいけないと思った。

「まぐわう……?」

微かに首を傾げ、壱ノ護が夏生の言葉を繰り返した。瞳には夏生の姿が映っていた。月明かりに照らされた自分の顔が、微笑んでいる。

「お前には、これからいろいろと教えてやらないといけないな」

言葉も、人間としての生活も、様々な感情の名前も。

夏生がどれだけ壱ノ護を大切に想っているのかということも。

「まぐわうというのは、契りを交わす……大切に想う相手に、それを伝え、ずっと離れないで一生にいようと、約束をすることだ」

「やくそくする」

即座に返事をし、夏生の唇をペロン、と舐めてきた。うん、と夏生も頷いて、口づける。

駆け引きは必要ない。言葉を飾ることもしなくてもいい。ただ欲しいと、願望を口にすれば、壱ノ護は全身全霊で、夏生の望みを叶えようとする。

夏生の意思を汲んだ壱ノ護が、夏生の首筋を、かふ、と噛んできた。黒々とした瞳が、月の光を吸ったように輝いてくる。大きな身体が夏生の上に伸し掛かってきた。

「人になれ、壱ノ護。お前に口を吸われたい。吸われながら、……繋がりたい」

夏生を見下ろす瞳がその色を変えていく。白い毛皮が逆毛立ち、夏生の望み通りに、壱ノ護の変容が始まっていった。

「なんでも望み通りだな」

「ああ。なんでも言え、夏生」

夏生の願いを聞いてやることが嬉しくて堪らないというように、壱ノ護が金色に変化した目を細める。白色の毛皮が、徐々に滑らかな褐色へと変わっていく。

「なんでもか?」

「なんでもだ」

どんな我儘でも聞いてやると、姿を変えながら笑う壱ノ護を見上げ、夏生は三角の耳を摑んだ。

「では、ここは残しておけ」

変化の途中、夏生の無茶な要求に、壱ノ護が困った顔をした。

「これを、のこすのか……?」

「これを触るのが好きだ。お前もここを触られるのが、好きだろう?」

耳の後ろのふわふわした産毛を撫で、「ずっと触っていたいから」と夏生が笑うと、壱ノ護が難しい顔をしながら「やってみる」と言った。

夏生が望めば、どんな姿にでもなってみせようとする健気《けなげ》な犬が、可愛くて仕方がない。

笑いながら金色の瞳の横に口づけた。

唇に当たる感触が変わっていく。目を瞑り、唇を滑らせると、温かく湿ったものが夏生の唇に重なってきた。

「……ん」

ぬるりと舌が入ってくる。搦め合いながら吸われ、自分のほうからも引き寄せた。ふわふわの耳の感触はまだ手の中にあり、壱ノ護が夏生の願い通りにしたことを知った。

目を開けると人間の壱ノ護がいた。人間の髪の毛から、犬のままの耳を飛び出させている。夏生に吸い付いている唇が笑っていた。

月明かりに浮かぶ、美しい半獣の姿に一瞬見惚《みと》れる。

「壱ノ護……」

逞《たくま》しい腕で抱き締められた。顔を僅かに倒し、自分から大きく開く。再び唇が重なり、深く絡まった。壱ノ護の唇は気持ちよく、舌で撫でられるだけで恍惚となる。

「あ、……ふ」

水音と同時に、ちゅ、ちゅ、という擽ったい音が鳴り、口を合わせながら笑った。壱ノ護はそんな夏生の顔をずっと眺めている。

「夏生……」

背中に回っていた腕の力が強まり、壱ノ護が苦しげな声で夏生を呼んだ。素直な欲望を剝き出しにし、訴えてくる壱ノ護が愛しい。

力強く抱き上げられ、裸のまま土に胡坐をかいている上に乗せられた。見下ろす形になった壱ノ護の顔を、じっと見つめる。月に照らされた褐色の肌は、自ら光を放っているように輝いていた。

これほど美しい姿をした生き物を、自分は知らない。

柔らかい三角の耳を撫でてやると、切れ長の目が細められ、優しい皺ができる。その皺に口づけ、太い首に両腕を絡ませた。

自分から重なり、舌を差し入れる。応えてくる壱ノ護の舌を搦め捕り、強く吸いながら身体を揺らし、誘った。

腰に添えられた両手でグイと持ち上げられる。熱い切先が蕾《つぼみ》に触れた。ゆっくりと下ろそうとする力に従い、腰を沈めていった。

「……ん、ぁ、あ」

声と溜息が漏れ、顎が上がった。壱ノ護は夏生をまだ見つめている。ひと時も目を離さないと、金の目が夏生を追い、腰に当てられた指の力が強まっていく。

「あっ、……ぁあ」

深く突き入れられて、大きな声が上がった。灼熱《しゃくねつ》に貫かれ、その熱さに身体が震える。喘いでいる口を塞がれ、強く吸われた。

腰に添えられた手が上下する。水音が立ち、熱いものが夏生の中を抉るように広げ、肉壁を擦っていく。

「ん、ぅ、……は、ぁ……っ、あ」

突かれる度に声が上がる。指が肌に食い込むが、痛みは感じなかった。身体を持ち上げられ、すぐに引き下ろされ、また上げられる。下からも突き上げられ、その度に壱ノ護も呻き声を上げた。眉を寄せ、苦しげに息を継ぎながら、視線は夏生から決して外れない。

「ま、る……ん、まる……ぅ」

強く抱き締められ、身体を密着させながら揺らされているうちに、あの兆しがやってきた。目の前が霞《かす》み、甘い息が漏れる。

「あ、あ、……っ、は、ぁ……、は……っ」

顔を仰向けると、頭上に満月が見えた。月に見守られながら、それよりも強い光に包まれていった。

壱ノ護が夏生の首を噛む。微かな痛みも刺激となり、疼きが大きくなる。

「夏生、……夏生」

壱ノ護の声が耳元でする。返事は言葉にならず、甘い嬌声《きょうせい》ばかりが口から溢れ、身体が揺れ動く。

「……は、ぁ、……ん、っ、あ、あ、……ぁ、あ」

壱ノ護の首に縋りながら、腰は淫猥《いんわい》に上下していた。肌に食い込む指はますます強まり、激しく揺さぶられる動きについていく。

目の前が白く煙り、内側にあった熱が渦を巻きながら出口に向かって吹き上げてきた。

「んっ、あっ、……あぁ、ああっ、っ、あ——っ」

熱と共に白濁が溢れ出し、壱ノ護の腹が濡れていく。

「あ……、ふ」

そのまま光に連れて行かれそうになるのを、力強い腕で引き留められる。両手で頭を包まれ、噛みつくようにして唇を奪われた。舌で激しく中を掻き回しながら、更に下から突き上げてくる。壱ノ護の喉が鳴っている。獰猛《どうもう》な唸り声を上げ、壱ノ護が夏生を貪っていた。

「あ、……んんっ、ふ、ぅ、……あっ、あっ」

放埓《ほうらつ》の余韻も与えられず、再び始まった激しい抽挿に、身体が蠢き出す。火のような激情に突き上げられながら、自らも誘うように腰を回していた。

「夏生……、なつ、お……っ」

壱ノ護が夏生を呼び、答える代わりに腰を揺らした。甘い息を吐き、合わさってくる唇を噛んだ。眉根を寄せ、夏生に噛まれながら、壱ノ護が見つめてくる。

金の瞳が光を増し、挑むように見上げてきた。それを受け止めながら、身体を揺らめかせ、愉悦の波に身を任せる。

「あ、あ、……また……っ、は、ぁあ」

また連れて行かれる。荒々しい突き上げに、精を飛び散らせながら大きく仰け反った。

「……っ、あぁぁ、あ――」

壱ノ護の動きはまだ終わりを見せない。

「は、ぁあ、……ん、ぅ……、や、ぁ……」

ガクガクと身体が揺れ、意思に反して蠢く腰の動きがあまりにも淫《みだ》らで、逃げたくなったが、壱ノ護が許してくれなかった。

「もう、……壱ノ護、待っ、て……っ、ふ、……ぅん、んんぁ」

泣き言を言おうとする口を塞がれた。舌先であやすように中を撫でられ、官能を呼び覚まされる。

「んんん――、っ、や、ぁ……、ひ、ぁ、ぁ、あ」

「夏生……、は、はっ、は、夏生……っ」

性懲りもなく愉悦の波にさらわれていく夏生を見上げ、壱ノ護も声を発した。

激しく眉を寄せ、壱ノ護の指が肌に食い込んだ、

「……くっ、は……っ」

大きな溜息と共に、壱ノ護の身体が硬直した。ドクドクと脈動を打ち、夏生の中に放たれていく。

「……ふ」

ゆっくりと揺らされ、夏生の胸に大人しく頭を預けている。大きな身体が夏生に縋り付いているようだ。その頭を抱き、一緒に揺れた。

壱ノ護が見上げてくる。

口元には笑みが浮かび、目尻には優しい皺ができていた。

「目がきれいだ。碧《あお》い、深い色」

何度も絶頂を迎え、精を注ぎ込まれ、溢れ返った妖気で、夏生の瞳の色も変容していた。

唇が近づく。重なりながら揺らされた。目の前で揺らめく碧を見つめ、壱ノ護が嬉しそうに目を細める。

「目をさましたら、夏生がいた。碧い、この色で、おれを呼んだだろ……？」

「お前を？　いつのことだ？」

「おれが、死ぬ前」

意味が分からず首を傾げている夏生を、相変わらず壱ノ護が見つめている。

「夏生がおれを見つけた。おれは寝ていた。そのまま死を、待っていた」

言葉足らずのまま説明しているのは、夏生が壱ノ護を拾ったあの日のことを言っているらしい。

夏生に出会う前の記憶はないと言っていた。知っているのは夏生に拾われ、父に助けられ、一緒に旅をするようになった、そこからだ。

その出会いの瞬間を、壱ノ護が夏生に語っている。

「つめたい土の上に寝ていた。……その前に、痛かったのもなくなった。だから、おれは土になると、おもった。その時に、夏生がおれを見つけた」

夏生を上に乗せたまま、壱ノ護が手を取ってきた。自分の頬に触れさせ、ゆっくりと目を閉じる。

「これが、おれにさわった。……あったかい。おれは目をさました」

土の冷たさに同化し、死んでいこうとする自分を、この手が引き留めたと言っている。

「夏生がおれの中に流れてきた。目をあけたら、碧い、きれいな、夏生がいた」

頬ずりをしながら、壱ノ護が目を開ける。生き返った自分が最初に見たものが、この瞳だったと言って、笑顔を作る。

深い碧。初めに見たもの。流れてきた温かさ。壱ノ護の記憶は、そこから始まっていた。

「おれは、夏生だ。ないとだめだ。主人なんかじゃない。夏生がおれを、生かした。だから、おれは夏生しかいらない」

夏生に命を吹き込まれた。その瞬間から壱ノ護自身が夏生の命なのだと、そう言って壱ノ護は笑い、だから離れるなと言って、抱き締めてきた。

父の命令など関係なかった。壱ノ護は自分の意思で夏生を守り、寄り添っていた。拾われ、育てられた忠義も、主人という関係も存在しない。

「ずっと、いっしょだ。消えてなくなるな。おれを、……おいていくな」

穏やかな顔が一瞬くしゃりと崩れる。それからまた唇を求め、合わさり、安心したように夏生の胸に顔を埋《うず》めた。

離れていた時の恐怖を思い出し、今側にいられることを確認し、安堵している。言葉の拙《つたな》い壱ノ護の告白は、それでも十分に夏生に愛を伝えてきた。

神社での幽閉生活の間、離れ離れになって初めて夏生が悟ったことを、お互いが何よりも大切で、決して離れられないのだということを、壱ノ護は出会った瞬間から、ちゃんと知っていたのだ。

半妖に生まれてよかったと、心から思う。

人間としては半端で、妖としても脆弱な自分だが、死ぬことのないこの身体を持っていて、本当によかったと思った。

壱ノ護を一人にしないで済む。ずっと一緒にいられる。夏生がいないと駄目だという、寂しがり屋なこの犬を、ずっと守ることができるのが嬉しい。

大きな身体で縋り付いてくる愛しい獣を抱き締める。山からの風が一つになっている二人

てくる。

を、優しく撫でていった。山の頂上にあった月は傾き始め、裾野の向こうから朝焼けがやってくる。

「朝がやってくるな。これからどうしようか」

鳥の囀《さえず》りが何処からか聞こえてきた。ここはどの辺の山だろうと、身体を繋げたまま辺りを見回す。高い山は綺麗に裾野を伸ばし、遙か下には広大な森林が海のように広がっている。

「取りあえず何処か住める場所を探すか。そう言えばお前、着物はどうした？」

「わからない。ずっと、走っていたから」

「途中でなくしたか。そのうち調達しないと……、っ、壱ノ護」

これからのことを相談しようと話し始める夏生を乗せ、繋がったままの身体を壱ノ護がまた揺らし始めた。

「……まだ足りないか」

「たりない。もっと夏生とまぐわう」

覚えたての言葉で夏生を赤面させ、壱ノ護が夏生を欲しがる。

「やくそくしただろ？　……ずっとはなれない」

首を伸ばし、夏生の唇に吸い付きながら、壱ノ護がそんなことを言ってくる。

「それは、そういう意味ではなく……」

「おれは、全然たりない。夏生もまだ足りないだろう？」

口元に笑みを浮かべ、真っ直ぐに夏生を見つめ、壱ノ護が夏生の願望を見透かす。

「そんなことはない。もう十分だ……っ、ん」

すすきが風にざわめく。月はますます傾き、紺色の空の色が薄まっていく。

陽が高く昇るまでには、あと少し時間が掛かりそうだ。

悪戯な目を綻ばせて夏生の目を覗いている、正直で健気な犬に苦笑しながら、夏生は自分から近づき、唇を迎えに行った。


大きな荷物を背中から下ろした壱ノ護が、無言で小屋を出ていった。

「なんだ。まだ怒っているのか」

床に置かれた荷物を解きながら夏生が聞くと、「怒ってない」と、素っ気ない返事が来た。

言葉が短いのは相変わらずで、だけど声に険がある。いつもは戻ってくれば何も言わなくても荷解きを手伝おうとするのに、それもしない。機嫌が悪いのが歴然だ。

山で獲った動物の肉と、夏生が調合した薬を売りに里へ下り、二人で帰ってきたところだ。

人間が滅多に入ってこられない山奥に住処を見つけた。

洞窟や古いむろ、或《あ》いは捨て置かれた小屋などを転々としていた二人だが、今いる場所が気に入り、少しずつ自分たちの小屋らしきものを作っていた。木を切り倒し、運び、組み立てる。山と里とを長年行き来していれば、多少の知恵もついていた。何しろ力仕事に掛けては、馬五頭分も役に立ってくれる犬がいるのだ。

布団を運び、前庭には小さな畑もある。粗末な手水場《ちょうずば》も作り、壱ノ護と一緒に簡単な飯も作る。壱ノ護の狩った獲物と、夏生が作った薬を売りに行き、得た金で生活に必要な品を揃えていった。

里の人間を真似たままごとのような生活は楽しく、今のところは誰にも邪魔をされず、平穏な毎日を過ごしている。

あれから太一と藤丸の住む村には、壱ノ護に何度か様子を見に行ってもらった。

夏生を祀っていた神社は、数年経った今もあのまま残っている。

夏生が兄弟に託したカヤの倒木は、丁寧に起こされ、根に土を被せ、再び命が吹き込まれた。村人たちによってしめ縄が巻かれ、大切にされているようだ。

あと何百年か後、再び懐かしい姿に会えるかもしれない。

仲の良かった兄弟は村を追い出されることなく、あの場所で平和に暮らしているらしい。藤丸もあれから少しずつ丈夫になったと聞く。

夏生は二人の前には姿を現さない。もちろん危険もあるし、壱ノ護がそれを許さないのだ。

夏生を騙し、連れ去ってしまった太一のことを、壱ノ護は許していない。それ以前に、夏生が太一のことを庇ったことが、何より許せないらしい。殺すなという夏生の厳命に渋々従い、不承不承お使いを頼まれている。

時々突然やってきては黙って薬を置いて行く壱ノ護に、兄弟は何か聞きたそうにして、結局何も言わないらしい。微々たる金と一緒に、季節の作物を壱ノ護に託してくる。

太一は大嫌いでも、自分と名前の似ている藤丸のことは、壱ノ護も気にしているようだった。会う度に大きくなったと、夏生に藤丸の成長を身振りで教えてくれる。この前は草餅《くさもち》を持たされてきた。

「壱ノ護。ずっとそこで頑張るのか？」

解いた荷物を仕分け、台所や小屋の隅などに運んでいる間、壱ノ護は夏生を手伝わず、ずっと小屋の入り口の前にしゃがんでいた。こちらに向けた背中が拗《す》ねている。

まったく扱いづらい犬だと溜息を吐いた。

喧嘩《けんか》の原因は、里で壱ノ護が勝手に買った着物のことだった。

大きな町へ赴き、食料や生活用品などを見て回っていた時に、壱ノ護がそれを欲しがった。今持っている物で十分だと言ったのに、絶対に欲しいと言って譲らない。

金は十分に稼いでいるし、欲しければ特に我慢することもないのだが、とにかく壱ノ護は夏生を飾りたがる。自分の着る物には無頓着なくせに、夏生に似合うとみればなんでも手に入れたがり、そうなると買うまで動かなくなるのだ。

「子どもの駄々か。少しは倹約を覚えろ」

「だって、あれが似合うと思った」

そして結局勝手にそれを購入してしまい、夏生に叱られた。すぐに呉服屋に謝り、返品したのだが、夏生が別の店で買い物をしている隙に、取り戻してきてしまったのだ。終いには「おれがとった肉だ」と、だからそれで稼いだ金で買うのは自由だなどとほざき、喧嘩になった。

物を覚え、知恵がつくのはいいことだが、以前にも増して生意気な口を利いてくるのが癪に障る。買っても着ないぞと夏生に宣言され、壱ノ護は今こうしていじけているのだった。

「いい加減、機嫌を直して手伝え」

「あれが似合うのに。絶対に似合うのに!」

そんなことを言われても、着られるわけがない。何故なら壱ノ護が買ってきた着物は……花嫁衣裳だった。

里へ行った折に、花嫁行列に出くわしたことがある。白無垢《しろむく》や金糸銀糸の刺繍《ししゅう》を散らした豪奢《ごうしゃ》な色打掛を着て練り歩く行列を見て、壱ノ護がしきりに綺麗だ綺麗だと騒いでいた。

それに似た着物を今回赴いた呉服屋で見つけ、壱ノ護がいつもにも増して駄々を捏《こ》ねたのだ。そんなものを着て山での生活などできないし、まして里にも出られるわけがない。第一あれは女が着る物だと説得したが、常識のない犬には通じなかった。

「壱ノ護、団子食うか?」

「食わない！」

パン、と音を立てて床を叩いているのは尻尾だ。落胆のあまり出てしまったらしい。

「尻尾が出ているぞ」

「出てないぞっ！」

パンパンと尻尾で床を叩きながら、夏生が何を言っても口答えをする。

「反抗期か」

「うぅうぅう……」

激しく床を叩いた後、ファサファサと左右に滑らせて、掃除をしながら埃《ほこり》をまき散らしている。分かりやすい尻尾だなと、あからさまに嘆いている大きな後ろ姿に苦笑した。

荷物の中にしっかりと入れられた、着物を包んでいるたとう紙の紐《ひも》を解いてみた。地紋の入った金の色地に、菊や梅などの花、御所車《ごしょぐるま》などの、目に眩しいような紋様が散りばめられている。裾には綿が入っていて厚みがあり、実用性は微塵《みじん》もない。

これを着てどうしろというのだと思うが、壱ノ護の頭にはただ夏生にこれを着せてみたいという思い一つしかないのだろう。

「だいたい打掛《うちかけ》一枚で、帯もないじゃないか……。布団にでもするか？」

小屋の奥で着物を広げている夏生を、壱ノ護が顔だけ振り向けて見ている。

「夏生に一番似合う。それを着たら、花を着ているみたいに見える。夏生が、花畑になるだろ?」

「私を花畑にしたかったのか」

「したい。絶対に似合うから」

着物を膝の上に広げている夏生を眺め、壱ノ護が目を細める。夏生を一面の花模様で飾り立てたくて、どうしても欲しかったらしい。

「髪には、本物の花を飾ろう。そしたらきっと、とてもきれいだ」

「花冠か」

「おれが作る」

さっきは苛立たしげに床を打っていた尻尾が、忙しく揺れていた。夏生の了承の返事を待ち、期待でちぎれそうになっている。

「夏生、その着物を持って、花畑に行こう」

「これからか? 今戻ってきたばかりだぞ」

「行こう」

尻尾を生やしたまま、人間の姿の壱ノ護が四つ足のままでにじり寄ってきた。打掛を膝に乗せた夏生のこめかみに、唇を押しつけてくる。

「夏生に着せたい。おれの作った花冠を被せたい。夏生、花畑、行こう……?」

ペロ、と舌先で耳を擽り、甘い声を出して誘ってくる。

「おれが飾ったきれいな夏生が、どうしても見たい」

生意気な口で我を通す犬は、最近巧妙なおねだりの方法も覚えたらしく、……ますます扱いづらくなってきた。


荷物の整理も途中のまま、壱ノ護に連れ出された。手には色鮮やかな花模様の打掛。風のように飛ぶ白い山犬の背に乗せられて、本物の花の咲く野原に連れて行かれる。

二人の住処から鳥たちも一緒についてきた。賑やかな鳴き声を立てて、時々は壱ノ護の頭に留まり、休憩を取っていた。

嬉しいとどうしても走りたくなるらしく、花畑に着くと、花を摘むと言っていたのにそれもそこそこに、壱ノ護は犬の姿のまま爆走していた。

かなり遠くのほうまで行ってしまい、姿が見えなくなってしまうが、鳥を連れているので場所が分かる。あちこち忙しく走り回っている様子が見え、呆れながら笑い、鳥の行方《ゆくえ》を眺めていた。

「ほら、壱ノ護。お前が編むんだろう。日が沈んでしまうぞ」

いつまで経っても戻ってこない壱ノ護を呼ぶ。

人の姿に戻った壱ノ護に、花冠を作らせた。大分器用に動くようになった大きな手が、色とりどりの花を編んでいく。派手な色を好むのは、色の白い夏生には、艶《あで》やかな色が似合うからなのだそうだ。そして最後に大輪の花を飾って仕上げるのが、壱ノ護の花冠だ。

「できた。夏生、着てくれ」

壱ノ護に促されて鮮やかな着物を羽織った。恭しい仕草で壱ノ護が花の冠を載せてくれた。

「可愛い」

満面の笑みを作り、壱ノ護が夏生の周りをぐるぐる回った。

「夏生、可愛いぞ」

喰いたい以外の言葉を覚えた壱ノ護が、その言葉を連発して夏生を褒める。

「花畑だ。とても可愛い」

身体全体を花模様にした夏生に壱ノ護が言った。冠に悪戯しようと頭の上に留まった鳥たちを、優しい仕草で追い払う。

「今はだめだ。花と夏生。おれのだから。おれ以外は、触れてはいけない」

自分のために着飾った夏生に触っては駄目だと、鳥たちに言い聞かせている。焼きもちやきなのは、出会った頃からずっと変わらない。

帯も小物もない、羽織っただけの花嫁衣裳と、頭には花冠。

そんな夏生の姿を嬉しそうに眺め、「可愛い」を連発され、面はゆさに夏生も笑ってしまった。夏生の笑顔を見た壱ノ護が、また「可愛い」と言って、こめかみの辺りを舐めてくる。

「夏生、可愛い」

「……お前、そればかりだな」

「だって、可愛い」

こめかみから頬へ、それから唇へと滑らせながら、壱ノ護が自分なりの最上級の褒め言葉をくれる。

「お前にはもっと言葉を教えないといけないな」

次にはこの犬に、愛しい、という言葉を教えてあげようか。

夏生を飾り立てて無邪気に喜ぶ壱ノ護の、口づけを受け取った。

たとえば幸福　あるいは愛しさ

平たい石の上で、白い指がくるくると円を描いた。

石と指のあいだにある黒いかたまりが、少しずつ丸くなっていく。指先を見つめる夏生《なつお》の横顔は真剣で、壱ノ護《いちのまる》は人の姿を取ったまま、そんな夏生をじっと見ていた。

まん丸になった黒い粒を指でつまみ、固さを確かめた夏生の口の端がすい、と上がった。機嫌のいい時の顔だ。だから、薬が上手く作れたんだと思った。

こちらに顔を向けた夏生が、壱ノ護の鼻先に指を近づけてきた。にがい匂いがプンとする。

「……くさい」

思わず顔をしかめると、夏生が大きく笑った。白い歯を見せ、薄青の瞳の色が一瞬濃くなる。指先の粒はくさいが、笑っている夏生は綺麗だ。

「お前はこれが嫌いだものな。小さい頃、よく呑ませてやったんだぞ？　喉《のど》の奥に指を入れて。噛《か》まれて大変だった」

なつかしそうに夏生が昔話をした。口の横から夏生の指ごと薬を突っ込まれて、噛みたくないのに噛んでしまって、反省したことを憶《おぼ》えている。吐き出しそうになりながら、がんばって呑んだ。そうすると、よし、よし、と壱ノ護の頭を撫でてくれたのが嬉しかった。

だから、夏生が鼻先に出してきたものは、なんでも食うことにした。蝶々を食ってしまったことは反省している。ひどく叱られたものだが、あの時のことを夏生がとても楽しそうに話すので、次には自分で蝶々を捕まえて夏生に見せた。そしたら夏生がすごく喜んで、だから今度はいきなり食わずに、ちゃんと「食っていいか？」って聞いたのに、「駄目《だめ》だ」とまた叱られた。天気のようにころころ機嫌が変わるから、夏生はむずかしい。

平たい石の上で作った薬を、小屋の軒下《のき》に並べるのを手伝った。これは腹いたと身体を温める薬だ。砕いて乾かした粉を、米の粉と蜂蜜《はちみつ》で混ぜて固める。食える物ばかりで作っているのに、できあがるともの凄くくさくなる。だけど人間はこれが好きで、一番金になるのだそうだ。

小屋の軒下の隅に、重ねた紙が置いてある。壱ノ護が薬を並べている横で、夏生が紙の上の重石を外した。一枚を手に取り、満足そうに頷いている。こっちも上手くできたようだ。

紙の上には、花や葉が押しつけられていた。薬草とは別に、摘《つ》んできた草花を紙に挟《はさ》み、夏生は枯れない花を作る。

「いい出来だ。私の押し花は、とても評判がいいようだよ」

全国を回る薬の行商人は、買ってくれた人におまけを渡す。紙ふうせんや絵紙、他にも湯呑みや手ぬぐいなど、様々な物をおまけにするが、夏生は自分で作った押し花を渡すのだ。

「たくさん作れたから、太一《たいち》のところにも分けてやろう。里に下りるついでに、またお前に使いを頼もうか」

「ああ、いいぞ」

「太一は息災か？」

「生きている」

夏生の使いで、壱ノ護は時々太一の住まいに薬を届けに行く。大人になった太一は、今は夏生よりもずっと年上に見える。髭《ひげ》なんか生やしていて、偉そうなのが気に喰わない。夏生は壱ノ護の耳のフサ毛や、胸の毛を撫でるのが好きだから、太一は夏生に撫でられたくて髭を生やしているのだと思う。だからそのことは夏生に言っていない。

「藤丸《ふじまる》もすっかり大きくなったんだろうな」

「大きくなった。夏生の薬のお蔭で、丈夫になったと言っていた」

「そうか。それはよかった」

壱ノ護の声を聞き、夏生が目を細めた。

まんじゅうのようだった藤丸の顔はすっかり細くなり、手足も伸びた。藤丸も夏生に会いたがっていて、藤丸だけなら背中に乗せて連れて来てやってもいいと思うのだが、そうすると、藤丸は「兄さんも一緒に」って言いそうだから、言わないでいる。あいつを背中に乗せるぐらいなら、山に捨てて埋める。でもそれをするときっと夏生は怒るし、藤丸も悲しむだろうから、やらないだけだ。

夏生が一枚、一枚、ていねいに紙の上の花を確かめている。白い指で優しく撫で、それからふぅ、と息を吹きかけると、紙に押し付けられて水分を取られた花たちが、息を吹き返したように元気になった。夏生の生気を分けてもらい、小さな結界を張られた花は、いつまでも色を失わない。

紙の上で永遠の命をもらった花が、夏生の手によってまたていねいに重ねられていった。しゃくなげ、れんげ、京かのこ。夏生が名前を教えてくれる。春から夏にかけての花が鮮やかな色を載せ、それらの茎の端っこには、一つ結びの玉がこさえてある。夏生に言われて壱ノ護が結んだ。

押し花を見る夏生の口が、ほんのりと笑っている。指で大事そうに茎をなぞるのを見ていると、いつものように腹の上のほうが、ズクン、と痛くなった。それは腹が減った時の痛みに似ていて、だけど腹が減っていない時にも痛くなるから、どうやら違うらしい。これにもきっと名前があるんだと思う。いつか聞いてみようと思っているが、腹が痛いと言うと、夏生はにがい薬を呑ませようとしてくるから、聞けないでいる。

「どうした？」

夏生の横顔をじっと眺めていたら、夏生がこちらを向いた。ふっくらとした笑顔を見たら、また腹が痛くなって、同時に夏生の唇を吸いたくなった。

じりじりと近づいて、ペロ、と舐めたら、青い目が大きく見開かれ、それから眉が寄った。開いたままの唇を吸って舌を入れようとしたら、「こら」と叱られて、夏生の唇が遠ざかってしまった。

「どうしてお前は急にそういうことをしてくるんだ。押し花が駄目になるだろう」

握って皺《しわ》になってしまった紙を掌《てのひら》で伸ばし、夏生が低い声を出す。眉は寄ったまま、耳から首筋にかけて朱色になった。文句を言っている口が尖っていて、性懲りもなくそれを吸いたくなる。とても……腹が痛い。

「夏生……」

飛び退いてしまった夏生に近づくと、怒った顔をした夏生に睨《にら》まれた。

「そんな顔をしても駄目だぞ。私は今仕事中だ。ほら、お前も手を休めるな。遊んでいたら、いつまでも終わらないだろう」

怖い声を出しているが、その表情がふわふわしているから、本気で怒っているのではないと踏んだ。もう一度にじり寄って、下から覗き込む。無理やり寄せた眉に、尖ったままの唇が可愛らしくてどうしても我慢ができない。

下から押し上げるように唇をつけ、舌先をちろちろと動かした。ふ、と夏生の口から息が漏れ、唇を離すと、ちゅぷ、と音がした。もう一度押しつける。

「……ん」

夏生の唇は柔らかくて、とても美味しい。温度の低かった声がだんだん温かくなり、それを聞くと腹の痛みが増し、いっそもっと痛くなれと思う。

美味い、痛い、欲しい、欲しい、と繰り返しているうちに、いつの間にか夏生を押し倒していた。真っ直ぐに注がれる青い瞳と、さくら色の唇がとても綺麗だ。吸い込まれそうな青を眺めていると、それが細められ、夏生が笑った。

「……お前は、本当に」

夏生が笑ったのが嬉しくて、ペロペロとそれを舐める。「こら」と窘《たしな》める声が聞こえるが、やっぱり笑っているから止めずに繰り返した。

「壱ノ護、重い」

「重くないぞ」

夏生を潰さないようにいつも気を付けているから、大丈夫だ。

「だからお前が決めるな」

「夏生、夏生」

「まったくお前は、仕事の邪魔ばかりする」

文句を言いながら、夏生が壱ノ護の髪に指を差し入れてきた。耳の形をなぞってくる。

「耳、出すか？」

夏生の気に入りのフサ毛を触りたいのだと思ったからそう聞いたら、夏生がふんわりと笑った。

「出さなくていいから、まずは仕事を片付けてくれ」

「どうしてだ。夏生だって喜んでいるのに」

こういう顔をしている時は、夏生がうんと上機嫌な時だ。

「別に喜んでいない」

「嘘だ。喜んでいる。俺は分かるぞ。夏生は今、『かんきわまっている』」

「……違うぞ」

壱ノ護の下から逃れようとしている顔を覗き、首を傾げた。

「じゃあ、『うちょうてん』」

「それも違う。どちらかというと、それは今のお前の状態だ」

「そうか。おれは今、うちょうてんなんだな」

「今に限らないがな」

感情にはいろいろ名前がついていて、それも夏生に教えてもらうが、あまりにたくさんあって、いまだに時々間違ってしまう。

「ほら、退けろ」

グイグイと胸を押されて、負けずに押し返す。

「いやだ。夏生、もう一度、もう一度だけ」

首を伸ばし無理やり吸い付く。んぅ、とむずかるような声を聞き、あやすように舌で撫でてやった。軽く噛み、舌を搦《から》め、自分の中に引き入れる。

「夏生……」

唇を離し、青い目を覗《のぞ》く。睨《にら》んでくる顔はやっぱり怒っていないから、また吸い付くと、夏生が噴き出した。

「夏生？」

壱ノ護に吸い付かれながら、コロコロと笑っている。ひとしきり笑った夏生は、「まったくお前は」と、大きな溜息《ためいき》を吐《つ》いた。

「お前の好きにさせておくと、いつまで経っても仕事が終わらない。里へ行くんだろう？　長雨の季節が来る前に。お前が言ったんじゃないか。そろそろ雨雲が近づいてきているって」

「ああ。匂いがするから分かるぞ」

「だったら早いとこ仕事を済ませよう。里へ下りて、美味い物を食って、一晩遊んで。それからここに戻ってきて、雨を迎える準備をしよう」

この季節は寿司《すし》より鰻《うなぎ》が美味いぞと、壱ノ護の興味を掻き立てることを言ってくる。

「鰻か。団子《だんご》みたいな甘いたれが付いている魚だな」

「そうだ。美味い、美味いと言って、何度もお代わりをしただろう？　近頃は振り売りの種類も増えているだろうから、今まで食べたことのない物もあるかもしれない。新しい着物も買ってやろうか。浴衣《ゆかた》は涼しくて、過ごしやすいぞ」

「俺も夏生に買ってやる。綺麗な花模様のがいい」

押し花にしたのと同じ花の模様があったらいいと、夏生に着せる着物のことを考えている壱ノ護を、夏生が笑顔で眺めている。

「では、お前に選んでもらおうか。……見た物を全部買うんじゃないぞ」

「分かった」

「二枚までだぞ」

「分かった」

「お前が簡単に返事をする時は、分かっていない時だと分かっているか？」

「分からない」

「ほらな」

楽しそうに歯を見せて、夏生が言った。厳しいことを言いながら、最後にはちゃんと壱ノ護の望みを聞いてくれることを、壱ノ護も知っていた。

「そうだ。どうせなら湯治場《とうじば》も回るか。北に行けば、雨にも猶予があるだろう」

里へ下りても、昔のように早々に帰ることもなく、夏生は新しい遊びを見つけ、壱ノ護を誘う。買い物をして、美味い物を食べ、町を歩き、気が向けば宿に泊まる。

「湯あみか。いいぞ」

季節の花を追い、海を眺め、山を越え、二人していろいろな場所へ赴く。

「新しい浴衣を持って、ゆっくり温泉に浸かろう。楽しみだな。だから仕事を片付けるぞ」

「分かった」

面倒なことも、嫌な目に遭うこともあるけれど、楽しいことも多い。夏生が嬉しい思いをすれば、それだけで壱ノ護も嬉しい。

そしてまた二人の住処《すみか》に帰ってきて、長い雨の季節を静かに過ごすのだ。

降り続く雨が結界のようになり、その間は動物たちも寄ってこない。夏生と二人、誰にも邪魔されることなく過ごせる、この季節が好きだ。

「まずは上から退いてくれ。まだ全部の押し花に……、こら」

作業を再開させようと、壱ノ護の胸に置いた手で押してくるのに逆らい、唇を吸う。

「お前は……言った先から」

「もう一度だけ。夏生、これで最後だから」

「お前の言う『もう一度だけ』も『最後』も、絶対に言葉の通りではないからな」

性懲りもなく夏生の唇を狙ってくる壱ノ護に夏生はそう言って叱り、それから「仕方のないやつだ」と笑って、受け入れてくれた。


河原のあちこちから、もうもうと煙が上がっていた。

ゴロ石を動かし、少し土を掘れば、何処からでも湯が湧いてくる。

湯気の上がっている川に、壱ノ護はザブンと飛び込んだ。川の水は熱いところと、そうでもないところがあり、丁度よい湯加減を探して、犬の姿のままバシャバシャと泳ぎ回る。

「どうだ。いい塩梅《あんばい》か？」

川岸から夏生が声をかけてきた。

「なかなかいいぞ」

「お前、自分ばかりが楽しんでいないか？」

川の深いところを犬かきして泳いだり、浅いところで跳ね回ったりしている壱ノ護を笑って眺めながら、夏生も大きなゴロ石の上をトントン、と軽く飛んで歩く。

大岩に囲まれ、川の流れがせき止められている場所を見つけ、夏生を呼んだ。いい具合に湯溜まりができていて、これならゆっくり浸《つ》かれそうだと、夏生が喜んだ。

着物を脱いだ夏生が自然の露天風呂に浸かる。ふはあ、と、粥《かゆ》を飲んだ時のような息を吐き、目を瞑《つぶ》った。白い肌がさくら色に染まっていく。

「気持ちいいか？　いい湯加減か？」

「ああ。これはなかなかいい温泉だ」

「ごくらくじょうどか？」

壱ノ護の問いに、夏生がはは、と声を上げて、「そうだな。極楽浄土だ」と言った。今回は言葉を間違えなかったと壱ノ護も満足し、夏生の周りを泳ぎ回る。

「壱ノ護、水飛沫《しぶき》を上げるな。冷たいだろう」

湯溜まりの外側でざばざばと泳いでいる壱ノ護を夏生が叱り、「お前もこっちに入ってみろ」と誘ってきた。

　夏生に言われて湯溜まりに入ってみるが、思ったより湯が熱く、「あつい」と叫んでぬるいほうへ飛び込んだ。勢いで大量の湯をかけられてしまった夏生は、「こら」と言いながら、また声を立てて笑った。

「毛皮のままでもまだ熱いか。湯治場の湯には到底入れないな」

　人間と一緒に温泉に浸かるには、壱ノ護は人型を取らねばならず、しかし人間が好む湯の温度は、壱ノ護には熱過ぎた。元々熱さに弱い上、毛に守られていない剝《む》き出しの肌では足一本を入れるのも難儀で、無理して浸かれば変化が解ける。だから湯治場を訪れ商売したあとは、こうして人のいない山奥で、二人で温泉を楽しむのだ。

　湯に浸かりながら、夏生がゆったりと空を仰いだ。暮れかけた山の向こうに薄い月が上がっている。

「今日はここで野宿をするか？　夏生」

「ああ、そうだな。温泉に浸かりながら月見酒をするのもいいな。久し振りだ」

「よし。おれが荷物を取ってくる」

　川から上がり、走って荷物を取りに行く。戻ってくると、夏生はまだ岩に囲まれた湯に入っていて、夏生の隣に猿《さる》がいた。

「なんだ、猿！　勝手に入るな」

裸の夏生の隣にいるのが許せなくて、吠えて追い出そうとするが、猿はチラリと視線を寄越し、フン、とした顔で向こうを向いた。

「猿！　猿！　あっちへ行け！　猿っ！」

猿は堂々としたもので、壱ノ護の怒号にも動じない。熱い湯に壱ノ護が入れないことを知っていて、わざと退かないらしい。

「猿！　こら！　猿、無視をするな！　出ろ！」

「いいじゃないか。元々は猿たちが使っていた風呂を私が借りているんだ。吠えるな、壱ノ護、うるさいぞ。ゆっくり浸からせろ」

夏生に叱られ、ウゥウウ……と唸りながら河原を右往左往する。川に飛び込んで近づくと、猿がわざとのように夏生にすり寄ったから頭にきた。

「猿！　夏生に触るなっ、食うぞ！　食ってやる！」

「止めろ、壱ノ護。ほら、怯えているじゃないか。よし、よし、私がそんなことはさせないよ。私の犬が無礼を働き、済まないな」

苦笑しながら夏生が猿に謝るのも気に喰わない。猿は同情を引くようにキィ、と弱々しい声を出し、夏生にピッタリとくっついている。なんとか邪魔をしようと、熱い湯の中に片方の前足を入れた。湯に触った部分がビリビリと痛く、それを我慢してもう片方も入れる。

「……壱ノ護、無理をするな」

「無理してないぞ。おれも入る」

じっと動かないでいると慣れてくるが、少しでも動かすと熱い。毛で覆われた場所はそれでもなんとか耐えられるが、肉球がジンジンと痛い。夏生も猿も、どうしてこんな熱い湯に入っていて平気なのかと不思議に思う。

「猿め。入ってやる。待ってろよ」

両方の前足を湯に浸けたまま、ハアハアと息を継いだ。湯気すらも熱い。

「私は上がるぞ。ほら、壱ノ護、ついてこい。猿に構うな」

夏生が立ち上がり、河原に投げ出されてある荷物に向かって歩き出した。壱ノ護も急いで後ろをついていく。猿はのほほんと、まだ湯に浸かっていた。あのまま茹《ゆ》だってしまえばいいと思う。

荷物の中から酒瓶と湯呑みを取り出した夏生が、川の浅瀬に腰を下ろした。

「少しのぼせてしまった」

下半身だけをぬるいお湯に浸け、夏生が湯呑みに酒を注いだ。壱ノ護も川に入り、夏生の後ろから身体を包むようにして座った。壱ノ護を背凭れにして、夏生が酒を飲んでいる。

「まったく、お前の悋気《りんき》にも困ったものだ」

夏生の身体を隠すように座っている壱ノ護に、夏生がそう言って笑った。

空はすっかり暗くなり、月が光を増している。「飲むか?」と湯呑みを差し出され、夏生

を包んだままペロ、と一舐めする。甘辛い味がして、舌がジン、と痺れた。夏生も一口含み、

「ああ、いい気持ちだ」と呟きながら、空の月を仰いだ。

山の風が川に浸かる二人を撫でていく。湯に濡れた夏生の肌が月明かりに照らされ、キラキラと光った。

夏生の肩についた滴《しずく》を舐め、それから頬を舐める。

「夏生、温かい」

湯で温まった夏生の身体はいつもより熱く、肌が柔らかくなっていた。舐めながら時々弱く歯を立て、夏生の嚙み心地を楽しむ。

「喰うなよ?」

笑いを含んだ声に、オン、と鳴いて答える。喰いたいが、喰わない。喰って夏生がいなくなってしまうのが悲しいから、喰わない。

「夏生が人間だったら、おれは夏生を喰っていたかもしれない」

壱ノ護の言葉に、夏生の碧《あお》い目が大きくなり、「そうなのか?」と言った。

「ああ。喰ったら、夏生はおれの腹の中に入り、そしたらおれと、ずっと一緒にいられるだろう?」

今しているように夏生を自分の懐に取り入れて、ずっとこのままでいたいと思っていた。他所《よそ》の人間や、動物にさえ、近づけたくなかった。

「おれの中に夏生を取り込んで、おれだけのものにしたかった。人間だったら、我慢できずに喰っていたかもしれない。でも、夏生は半妖だから、人間と違って死なないから、おれが喰わなければ、ずっと一緒にいられる」

夏生を喰いたいと思うと同時に、夏生が消えてしまうことが何よりも嫌だった。

いつか野原で、夏生は消えたくないと言った。壱ノ護に置いて行かれるのも寂しいと言った。私を守ってくれるかと言った。そうしたら、ずっと一緒にいられると言った。壱ノ護も同じだ。だから夏生が消えてなくならないように護《まも》った。夏生が寂しくないように、壱ノ護も消えてなくならないようにしたのだ。

「人間はすぐに死ぬ。夏生が人間で、死んでいなくなってしまうぐらいなら、おれが喰って夏生をおれの中に住まわせたいと思った。でも夏生は半妖だから死なない。だからおれは夏生を喰わない」

夏生が壱ノ護をじっと見つめている。月の明かりを吸った碧い目が、とても綺麗だ。

壱ノ護に舐められながら、夏生がふわ、と笑った。これは夏生が嬉しい時の顔で、それを見ると、壱ノ護も嬉しくなる。

「夏生……夏生」

夏生の唇が吸いたくなって、犬から人へ変化しようとしている壱ノ護を、夏生が眺めている。月みたいな優しい笑顔のまま、碧い目が細められた。

「お前は私が思っているよりもずっと、いろいろなことを考えていたのだな」

「おれが考えているのは、夏生のことだけだ」

夏生が何を望み、どうすれば夏生が喜ぶのか。自分以外に向けられた夏生の目が、どうやったら自分に戻るのか。考えるのはそれだけだ。

「夏生のことしか考えていない。おれは、いつでも夏生のことが喰いたいぞ?」

この「喰いたい」は、「腹が減った」の「喰いたい」と違うと、夏生が教えてくれた。

「夏生もおれに喰われたがっている。そうだろう?」

夏生の眦《まなじり》に朱が射す。碧い目と白い肌に合わさって、とても綺麗だ。月の光に照らされて、暗い山の中で夏生の姿だけが浮かび上がっているように見えた。

「綺麗だな。夏生が光っているから、夜の色がいっそう濃く見える」

思ったことをそのまま言うと、夏生の眉根がキュッと寄って、怒ったような顔を作る。だけど壱ノ護を睨む眼差しは柔らかく、口元は綻《ほころ》んでいた。

「お前は本当に、いつの間にそういう手管を覚えたのだ」

「なんのことだ?　分からないぞ」

顔を覗くと、ふい、と前を向かれた。夏生、と名前を呼ぶが、聞こえていないように無視をする。顔を隠すように俯き、項から耳まで朱に染まっていた。

「夏生、こっちを向け。綺麗な顔を隠すな。もっと見たい」

会話を交わしているうちに、壱ノ護の変化が済んでいた。腕を伸ばし、自分の前に座っている夏生を抱きしめる。猿はいつの間にか姿を消していた。

細い顎《あご》をつかみ、強引に上向かせる。気の強い目が睨んでくるが、かまわず唇を押しつけた。柔らかい唇を食み、舌で撫でていると、夏生の腕が壱ノ護の首に絡まってきた。

引き寄せられ、深く合わさる。夏生が小さく鳴いた。舌先がジン、と甘い。

「夏生、もう一度……」

夏生のほうから唇を寄せてくるのが嬉しくて、もっと奪えと要求した。

目の前の碧が細められ、望み通りに強く吸われた。お互いの中を行き来した舌を、今度は外で絡め合う。耳からは流れる川のせせらぎが聞こえ、内側からも水音が聞こえた。

夏生は気持ちよさそうに目を閉じ、壱ノ護を味わっている。嬉しそうな表情を見ていると、腹の奥が熱いもので満たされ、同時にもっと欲しいという飢餓《きが》感に襲われる。

夏生といるといつでもそうだ。不快ではないこの不安定な感じを、夏生は知っているのかと思う。夏生が嫌な気持ちになるのは壱ノ護も嫌で、それと同じように、今壱ノ護が感じているこれを、夏生も持っているのだとしたら、とても嬉しいと思う。

そう思うだけでまたふわふわと、身体が浮くような感覚が訪れる。

「夏生……」

この感覚に名前があるのかと、夏生に聞きたい。

名前を呼ばれた夏生がゆっくりと閉じていた目を開いた。どうした？　と問うような瞳が優しく、とてつもなく綺麗で、また腹の奥がきゅん、と痛んだ。

どう説明すればいいのかが分からないでいる壱ノ護の頭を、夏生が撫でてきた。壱ノ護の胸に預けていた背中を浮かせ、夏生が身体を反転させた。

「風が冷たい。でも、却って気持ちがいいな。川の水と、お前が温かいから」

壱ノ護の膝の上に乗ってきた夏生が笑いながらそう言って、壱ノ護の首を抱いた。

華奢な身体は、それでも壱ノ護を守るように包んでいて、それだけで安心する。細い背中に回した両腕を交差させ、ギュ、と抱き締めると、夏生がふふ、と声を漏らした。

「こういうのは、なんて言えばいいんだ……？」

壱ノ護の声に、夏生が「ん？」と顔を覗いてくる。

「ここが、痛くて……」

鳩尾《みぞおち》の辺りを擦《こす》り、夏生に訴える。

「痛いけど、嫌な感じはしない。しぼられたみたいに、ぎゅっとなる。今も……痛い」

痛くて、泣きそうなほど痛くて、同時に心地好い。

「これは、腹いたとは違うんだろう？」

「そうだな」

壱ノ護の声を聞いた夏生がそう言って、柔らかな笑顔になる。花が綻ぶような顔はとても嬉しそうで、「そうか。痛いか」と、頭を撫でてくれた。

「夏生も痛いか？　おれと一緒か？」

壱ノ護の問いに、夏生は笑顔のまま「そうだな」と頷いた。

「なんて言う？　これはなんだ？　夏生、教えてくれ」

夏生にたくさんの言葉を教えられた。この痛みにもきっと名前があるのだ。壱ノ護の問いに、夏生は笑顔のままだ。

「いろいろな名前があるからな。どう言えばいいのか……」

楽しそうに夏生が空を仰いだ。

「それに、お前は覚えたての言葉をすぐに間違って使うからな」

「間違わない。これは間違わないぞ。夏生、早く教えろ」

壱ノ護の膝に乗ったまま、夏生が笑う。

白く柔らかい身体が、月明かりに浮かんでいた。

あとがき

はじめまして、もしくはこんにちは、野原滋です。

この度は拙作「百年の初恋 犬と花冠」をお手に取っていただき、ありがとうございます。

初ファンタジーです。なんちゃってではありますが、時代物でもあります。このネタでこのキャラだと現代じゃないよなあ、という軽い気持ちで時代設定をしてしまったため……大変なことになってしまいました。博物館を巡ったり、資料本を取り寄せてみたりと、自分なりに勉強して世界観を作ったつもりです。上手く読者さまに伝わっているといいのですが。

ある日ふと降りてきたシーンがありまして、それがどうしても書きたくて構築した物語でした。こんなん書きたい！　と、鼻息荒く担当さまに説明し、ゴーサインをもぎ取って、プロットを重ねて、重ねて、……結局最初に降りてきたシーンは跡形もなく消え去りました。面白いもので、書きたいシーンに固執するあまり、キャラもストーリーも上手く転がらず、カットした途端にストン、と落ちたことに驚愕した次第です。

今回もいろいろな意味でとても勉強になりました。猪突猛進はいけませんね。次からはもう少し落ち着いて書いていきたいと思います、……って、毎回言っている気がしますが。

大型ワンコ攻めは自分の最大の萌えポイントなので、大変楽しく書くことができました。ご主人が好き過ぎて、わけが分からなくなって永遠にグルグル回ったりしている馬鹿犬が好きです。褒められるのが好きで、意味もなくキリッ、としてみたり、叱られてショボンとなったり、そういう喜怒哀楽が上手く表現できたらなあ、という思いで書きました。

　そんな犬に振り回されながら、自分の立ち位置というか、何処に矜持を持って長い年月を過ごしているんだろうと考えながら、夏生を書いていきました。迷いの多い難しいキャラとなってしまい、結局筆者の迷いがそのまま夏生の思考になったみたいです。身の置き所のなかった夏生が、自分の居場所が壱ノ護の懐だと気付くまでの苦悩を、一緒に感じていただき、最後にはスッキリとしていただけたら幸いです。

　イラストを担当くださった榊空也先生。素敵なイラストをありがとうございました。キャラフをいただいた時、モッフモフでキリリッ、とした壱ノ護を見て大興奮しました！　年齢別の夏生のキャラも可愛らしく美しく描かれており、大変嬉しかったです。

　そしていつもながら担当さまには大変ご迷惑をお掛けいたしました。プロットを何度も見ていただき、初稿の段階でもまだまだ描写が甘かったのを、細部までご助言いただき、なんとかここまで書くことができました。ありがとうございました。

　それから、最後までお付き合いくださった読者さまにも、深く御礼申し上げます。次の機会にも是非、お手に取っていただけますように。

野原滋

✦初出　百年の初恋　犬と花冠…………………………書き下ろし
たとえば幸福　あるいは愛しさ……………書き下ろし

野原滋先生、榊空也先生へのお便り、本作品に関するご意見、ご感想などは
〒151-0051 東京都渋谷区千駄ヶ谷 4-9-7
幻冬舎コミックス　ルチル文庫「百年の初恋　犬と花冠」係まで。

幻冬舎ルチル文庫

百年の初恋　犬と花冠

2015年7月20日　第1刷発行

✦著者	野原 滋　のはら しげる
✦発行人	石原正康
✦発行元	株式会社 幻冬舎コミックス 〒151-0051 東京都渋谷区千駄ヶ谷 4-9-7 電話 03(5411)6431［編集］
✦発売元	株式会社 幻冬舎 〒151-0051 東京都渋谷区千駄ヶ谷 4-9-7 電話 03(5411)6222［営業］ 振替 00120-8-767643
✦印刷・製本所	中央精版印刷株式会社

✦検印廃止

ISBN978-4-344-83495-8　C0193　Printed in Japan

幻冬舎コミックスホームページ　http://www.gentosha-comics.net